诺贝尔文学奖作家作品

孤独与沉思

LONELINESS AND CONTEMPLATION

〔法〕 苏利·普吕多姆 著

姜 楠 译

北京出版集团
北京出版社

图书在版编目（CIP）数据

孤独与沉思 / （法）苏利·普吕多姆著；姜楠译 . —
北京：北京出版社，2021.4（2025.7重印）
（诺贝尔文学奖作家作品）
ISBN 978-7-200-14163-4

Ⅰ . ①孤… Ⅱ . ①苏… ②姜… Ⅲ . ①诗集—法国—
近代 Ⅳ . ① I565. 24

中国版本图书馆 CIP 数据核字（2018）第 194598 号

诺贝尔文学奖作家作品

孤独与沉思
GUDU YU CHENSI

［法］苏利·普吕多姆 著
姜 楠 译

*

北 京 出 版 集 团 出版
北 京 出 版 社
（北京北三环中路 6 号）
邮政编码：100120

网 址： www. bph. com. cn
北 京 出 版 集 团 总 发 行
新 华 书 店 经 销
三河市天润建兴印务有限公司印刷

*

140 毫米 × 202 毫米 32 开本 8.375 印张 187 千字
2021 年 4 月第 1 版 2025 年 7 月第 4 次印刷
ISBN 978-7-200-14163-4
定价：46.00 元
如有印装质量问题，由本社负责调换
质量监督电话：010-58572393
责任编辑电话：010-58572757

作家小传

　　苏利·普吕多姆（Sully Prudhomme，1839—1907），原名勒内·弗朗索瓦·普吕多姆，1839年3月16日出生于巴黎中产阶级家庭，他两岁的时候父亲离世，与母亲和姐姐在巴黎南部夏内特生活。1859年，他在巴黎大学获得工学学士学位后担任民用工程师一职，然而不久之后他决定放弃这一职业。次年普吕多姆改修法学，并且很快在巴黎的一家公证处成为一名见习公证员，一直做了四年法律工作。在此期间，他对文学艺术产生了浓厚的兴趣。后来，他继承了一笔遗产，获得经济独立，他就完全放弃工作，开始创作。

　　普吕多姆青年时代的一段情感对他一生有重大影响，他一直深爱的青梅竹马的表妹嫁给了别人，这不仅导致他一生未娶，也让他早期的诗歌总是充满忧郁和伤感。1865年，普吕多姆的第一部诗集《诗章与诗篇》（又名《长短诗集》）的发表，正式标志着他作为一个诗人登上文坛。此时，法国唯美主义诗歌运动"巴那斯派"

（也称"高蹈派"）经过19世纪中期的发展正如火如荼，该诗派主张诗歌应当追求形式完美和风格优雅的平衡，而不仅仅致力于浪漫主义的渲染。苏利·普吕多姆投身其中，并且迅速成为该流派的骨干，陆续发表了《考验》（1866）、《孤独》（1869）和《徒然的柔情》（1875）等诗集作品。

1870年是普吕多姆备受煎熬的一年。叔叔、婶婶和母亲的相继离世，让他受到了沉重的打击。同年爆发的普法战争也让他再受重创，随着巴黎的沦陷，诗人也因此遭受了很多苦难。身体的饥饿和寒冷以及精神的屈辱和紧张严重摧毁了他的健康，最后使他终身半身瘫痪。这一时期诗人发表了诗集《战时印象》（1870）、《法兰西》（1874）和《花的反抗》（1874），这些作品反映了诗人对国家未来的担忧，充满了爱国主义情怀。

苏利·普吕多姆从19世纪70年代开始，逐渐将创作方向转移到哲理诗，先后发表了《正义》（1878）和《幸福》（1888）两部具有重要意义的诗集。在这些诗作中，诗人运用了鲜明的"巴那斯派"创作手法，用诗歌的形式探讨了人类意识与现代社会之间的关系，为人们指明了正义的方向，指引人们探索浮士德式的幸福。

苏利·普吕多姆不仅是一个诗人，而且在文学的多个方面都有着卓越的成就。他撰写了《论美术》（1883）、《诗句艺术断想》（1883）和《帕斯卡尔的真正宗教》（1905）等理论专著。另外，他也翻译了古罗马诗人留克希利阿斯（前99—前55）的很多作品。

苏利·普吕多姆在诗歌方面的卓越成就，得到了举世公认，并为他带来了巨大声誉。1881年，苏利·普吕多姆成了法兰西学院院士。1901年，苏利·普吕多姆获得了诺贝尔文学奖，并且这是第一位以诗人身份获得诺贝尔文学奖的人。诗人对于获得诺贝尔文学奖也激动不已，他在给瑞典学院的信中说："……这是作家们都在竭力争取的至高无上的荣誉，我也将它献给我的祖国——正是因为我的祖国我才能够获得这项荣誉。"晚年的苏利·普吕多姆身体状况很差，其后就鲜有作品问世。1907年9月7日，苏利·普吕多姆因病医治无效，在巴黎逝世。

授奖词

瑞典学院常务秘书   C.D.威尔逊

　　阿尔弗雷德·诺贝尔做出了一个举世瞩目的决定，那就是将自己的大笔遗产捐赠出来，设立诺贝尔奖奖金。诺贝尔先生为科学事业奉献终生，这也使得他更偏爱自然方面的研究，所以那些在科学领域有所突破的人们将获得他的奖赏；同时，他还拥有广阔而宽厚的胸怀，主张世界各民族亲如一家，这使得他致力于维护和平。虽然他的遗嘱将文学奖排在其他科学类奖项之后，但是文学的发展始终是诺贝尔先生最为重视的问题。

　　投身于文学事业的人们应该感激诺贝尔先生，因为他们所做的工作正是诺贝尔先生尊重并鼓励的，因此，它也成了诺贝尔奖奖项之一。诺贝尔文学奖排在其他奖项之后，是合情合理的。因为只有在稳固的现实基础上，才会开出代表人类高等文明的美丽花朵。

但是，无论如何，这一当代至高无上的荣誉为获奖者带来的精神价值，是过去那种黄金桂冠所代表的物质财富不可比拟的。

诺贝尔文学奖其自身也有一些矛盾。广义上讲，"文学"的定义十分复杂，因此在诺贝尔基金会的规定中，他们要求候选作品既能体现出纯粹的文学性，又能在形式及写作手法上表现出极高的文学价值。这种做法在一定程度上扩大了提名作品的评选范围，但是，它也给作品的选择增加了难度。对于那些同样优秀的不同体裁的诗歌和戏剧作品，我们不知道如何是好，这就好像在历史、哲学方面顶尖人物的角逐中，我们不知道该支持谁一样，其复杂程度超乎想象。幸好这个奖项每年都会评选一次，所以，如果一位优秀作家的成就能得到足够的认可的话，那么他得到诺贝尔奖的时间就不会仅限于今年、明年或者后年，在任何时候，他都是有希望获得这份荣誉的。

经过组委会的严格审核，获得此次文学奖提名的优秀作家人数众多。每一位候选者都蜚声世界，他们在文学上的造诣也不相上下。在综合各方观点后，我们进行了反复讨论，最终选择了来自法兰西学院的诗人、哲学家苏利·普吕多姆，他是诺贝尔文学奖首位获奖者的最佳人选。

普吕多姆出生于1839年3月16日。早在1865年，他便在第一部作品集《诗章与诗篇》中展露了自己非凡的写作才华，之后他又推出了一系列作品，包括几本诗集和一些哲学、美学方面的评论文章。很多诗人都着眼于身外世界，他们更喜欢描述自己的生活和周围的环境，而普吕多姆则不同，他的作品包含着大量深刻的自我反省，他没有过多地涉及意象和外在的情境——就算谈到此类内容，也只是用来反映诗人深刻的思想。他的作品主题多为那些无法消解的疑惑和悲伤，以及内心深处对爱的执着追求。这些诗歌形式成熟，措辞严谨却又不失灵活，整体上呈现出一种精雕细琢的美感。他的作品色彩鲜明，华美艳丽。他虽然没有过分地强调诗歌的韵律，但凭借其独创的表达形式，可以游刃有余地诠释自己那饱满的感情与坚定的意志。他娓娓道来，在诗中坦露心迹，却不囿于伤感。读者可以充分理解他那高贵、深刻的思想和汹涌如潮的哀伤，所有人都会为他的忧郁气质所感染。

普吕多姆诗歌独特的艺术魅力，源自其精巧优美的辞藻和娴熟的表现技巧，这也使得他成为当代名副其实的大诗人之一，他的优秀作品已成为传世之宝，在文学的殿堂中熠熠生辉。较他的哲理诗或教化诗而言，瑞典学院的评委们更喜欢他的抒情诗，因为这些抒情诗是那样的小巧清雅，其中蕴含了诗人细腻的情感与深刻的思想，表现了他高贵的人格和不屈的尊严，与此同时，丰富的情感与精致的文体得到了完美的结合，这也使得他的诗歌独具魅力。

最后，普吕多姆的作品还有一个重要的特色，那就是他的诗作饱含着对世界的疑问和思考——也正是由于对人类的道德良知和责任义务的思考，他才能够发现人类超乎自然的命运。除此之外，他在过去未能有所发现，而在未来也将不再关心其他。普吕多姆的写作宗旨与诺贝尔先生在文学方面的理想主义追求相吻合，于此而言，他的确胜过其他作家。瑞典学院的评委们确信他实现了诺贝尔先生的心愿。基于以上原因，我们从诸多著名作家中推举了这位伟大的诗人，将首次颁发的诺贝尔文学奖授予普吕多姆先生。

普吕多姆先生本人已经同意接受这份荣誉，但他因身体问题，不能亲自出席今天的颁奖典礼。我们在此恭请法国公使代为接受，并以瑞典学院的名义向其本人转达这份荣誉。

　　按：苏利·普吕多姆因病未出席颁奖典礼，故获奖致辞从缺。

目 录

灵　感

一位诗人
正走在通往灵感的路上，
一只彩色艳丽的鸟
就像诗人的心脏。

鸟落在了朋友肩上，
诗人准备过去欣赏。
可，哪承想——朋友瞬间
截取了它的生命。

拔掉了它靓丽的衣裳，
用她残忍的嘴，
把它那温热的羽毛吹起，
随风飘在天上。

她在笑，
她在用残忍的游戏，
断送了诗人
追求灵感的希望。

痴 女

在德国旅途中，
她迷恋上了一朵山花，
花儿有着奇异的香气。

如爱的喷发，
搅动着她的心绪；
又如有致命的魔力，
慢慢地使她痴迷抑郁。

她亲吻着它的花冠，
如同幸福浸入身体；
她闻着它的香气，
如同见到天庭的美丽。

许多人不忍看到
她的痴狂和抑郁，
去访她走过的
山花生长之地。

然而，这没有什么意义，
到头来她早已
抱着这奇异的花儿
及它满载的香气，
灵归故里。

爱与歌

夜晚，你点燃
白色的蜡烛，
它的柔光映着你
温暖的面色。

壁炉那微弱的火焰
在暗处闪烁，
你的心情
在我的诗歌中求索。

我在写他人的灵魂，
只有这独有的爱
献给你和你那温柔的面色，
无论是什么。

这夜的烛光，这壁炉的焰火
我的诗歌
都是为了爱你而作。
如果被他人读到，
它就会苍白失色。

女人与酒桶

这是陶罐似的酒桶，
它普通得不能再普通。
可上帝在它的底部，
用手指戳了个窟窿。

这是四个漂亮的仙女，
因她们都种下了恶果，
被上帝贬做了奴仆。

她们提着
经过上帝之手的酒桶，
穿梭着，忙碌着。

"洞穴啊，你无休止地跑漏，

要我们何时身休？"
无力的手臂啊，
提不起酒桶。

酒桶又磨肿了
嫩白的肩颈，
她们跌倒了，
也唤不醒那只
漏空了水的酒桶。

她们叹息这就是命。
然而，
妹妹大喊一声：
"姐姐们，让我们重新开始！"
重新开始才有新生。

劝　勉

我的孩子，
你来到这个世界上，
就像刚出生的鸽子。
在窝里成长、不安
到颤抖着展翅飞翔，
寻找自己安身立命的地方。

要知道金子发光
是凭借着它的纯洁，
要知道你的真实
来自你的白色衣裳。

告诉你，我的孩子，
紫罗兰的美

来自它简朴实在，
而这简朴实在
会给你增添力量。

待你长大成人
从那世俗的舞场回来，
你就会自然地脱去
已经枯萎的衣裳，
神采奕奕、游刃有余地
展翅在蓝天上。

音符与诗歌

为什么我的诗
没有一点儿声响？
为什么我那富有
创作性的诗
在我心中萌生，
让我无尽地烦恼？
我的诗，将去向何方？

你这轻盈的音符
从人的喉咙里
一直飞到天上；
你那亮丽的印痕
使人缥缈，

让人返老还童灵魂出窍。

其实你更是
诗的一个注脚，
是诗为你插上翅膀，
抖动的音符中，
有诗词声响。

啊，亲爱的姑娘，
你唱的不仅是曲，
还有词的意味深长。

忧 虑

我的心是多么的忧虑！
以我的所想和自尊
随着自己的意愿，
要奴性的爱
总沉浮在我的脑海。

我的心是多么的忧虑！
面对她的爱，
我暴露了多少弱点
又给了她多大的伤害？

在她面前我总说改，
以至她盲目地认为我可爱。

她怎能明白？
她要是个灵魂，
我会非常温存。

她怎能明白？
她的美丽
是我的忧虑所在。

背　叛

朋友的友情越深，
到头来伤害得越是惨痛。
我不相信你：
伤害了我
你还悠闲地
在筑起的篱笆墙里，
安稳地睡觉。

我不愿相信：
包扎弥合的伤口，
不是友情的你我，
而一如既往的忠诚，
化作不了真实的眼泪。

但近日的侮辱
让我饱尝了苦果，
我多么的痛苦，
又是多么的苦闷。

可我想还是永远地留着仇恨，
争取在阳光下行走。
我有最美好的回忆，
也不惧怕死亡。

亵渎美

是谁把你亵渎？
一模一样的身躯
安静地立在神殿里，
天上下来的美女
献身于娼妓。

这难道是神
赋予人间的美丽？
如果是这样，
美啊，你走吧！
返回你所在的众神之地，
远离那些雪白漂亮的女人。

除非她们在阳光下

净化了自己的躯体，
唤醒了真诚的心意。

美的纯洁、美的有力
哪怕人间只有一例，
我也愿追求你
捍卫你不被亵渎的权利。

挥霍者

用火加陶土烧制的瓦瓮
装着金灿灿的钱币，
等待着主人把它们
投向光明磊落。

可贪婪酒色已侵蚀了
主人的心窝，
享乐总围着陶瓮打转。
兄弟酒神亲近着
那只可爱的陶瓮，
就是处女也围着它，
用香唇吻主人的面颊。

然而，有一天，

不知是谁
是什么原因
打碎了陶瓮，
那些兄弟酒神
还有那些围着它的女人，
看着空空的陶瓮
都瞪大眼作鸟兽散。

于是，在人间，
它就成了一个挥霍者。

伤　口

一位士兵中了枪栽倒，
护士用担架把他抬走，
医生给伤口消毒，
他也很快地痊愈，
回到部队。

在晴朗的蓝天下
无忧地行走，
可哪承想：
阴雨天气来临，
他那旧有的伤口隐隐作痛，
是铁的纪念品
还躺在他受伤的地方。

我的每一首诗，
诗中的每一个字符，
就像一颗颗子弹，
击中别人自己也会受伤。
我的思想随着气候的变换，
灵魂深处旧有的伤口
也会给我带来痛苦和忧伤。

但我和那位战士一样，
乐于在痛苦之中生存，
乐于在蓝天之下幻想。

命　运

如果早年
我用丑陋的眼睛选择爱，
今天也不会这样
天长地久的
似刀斧般的痛苦折磨。

即使她不在我的眼前，
那惊艳的面容
也会动摇着心魄，
即使远在天边，
她那淡蓝色的眼
就像明亮的灯火。

我怎能忍心把它熄灭，

又怎能不受折磨?
我希望和你们一样
选择爱首选人的品格,
等到木已成舟
就替换不得。

他们何往

只为爱情而死的人
不会升入天堂，
他们看不到
世间的黑夜、溪流
和弯曲的路途通向远方；
他们尝不到
住所的冬暖夏凉
和果实的甜蜜芳香。

只为爱情而死的人
也下不了地狱，
因为他们有着
吻得灼热的唇印，
魔鬼的指甲

怎能挖他们单纯的
爱的胸膛?

那，他们去向何方?
如果彼此的痛和狂
都在爱情上，
如果生活在人世间
有不断的恐惧
和无尽的渴望，
那他们死后，
天堂和地狱
都不是他们去的地方。

共同的艺术

在大美的世界里，
天空和海洋除去蓝
没有其他颜色；
在广袤的大地上，
除去麦穗就没有金黄，
除去玫瑰看不到粉红。
这不是艺术的天堂，
也没有什么值得欣赏。

在大美的世界里，
有了天空、海洋，
大地上的鲜花
和诱人的万项，
痛苦、惆怅、彷徨，

微笑、妩媚、漂亮，
有了意识和思想，
才能唤醒美的世界。

也只有这样，那些
美丽的眼睛、金色的头发，
映着那蓝色的海、金色的麦，
才能变为艺术的美，
化作上帝给我们的爱。

大胆的虔诚

如果我在偏僻的地方
孤独地长大，
如果我不辨光明
心地麻木说话结巴，
那我就投入上帝的怀抱
享受你给予的欢乐。

我并非盲目地追求，
信奉你所给的享乐，
但它们仍然追逐着。
我的灵魂摇晃着我的心窝，
说我自负、只为自己而活，
以至在通往上帝的
道路上筑起那么多圣墙。

上帝啊，这不是我的不忠，

也不是我对你的亵渎。

心灵的墓地

这里埋葬着年轻的灵魂。
你说："秘密是强者生存的标记，
苦难是生存的动力。"
你却安然快乐
毫无痛苦地躺在这里。

要知道，我的坦白
使我付出了多少努力！
为了使你
短暂可爱的形体不朽，
入殓师把香料放入了
你的身体。

我也用我的艺术形式：

诗——化作了不朽的药，
保存你那充满活力的
永恒神圣的躯体。

在我的心里确实
用诗挖着青春的坟墓，
为了新鲜
我曾把它关闭，
为了长存
我又把它开启。

祈　祷

我多么想祈祷！
现实的残酷和理智，
又要我忍住这痛苦的悲伤。
那些信奉基督的修女们，
她们祈祷的是愿望。
那些洒尽了鲜血的殉道者，
才是基督徒的圣者。

我的爱，我的泪，我的悔恨……
这些都不能使我成为圣徒。
而只有那神圣的《圣经》，
才能使我神往
释去我心中的忧虑和欲望。

在我最孤独的时候，
把双膝跪在地上，
虔诚地合上双掌，
上帝啊，你在何方？

我额头上顶着的《圣经》
怎么也失去了它的神圣
和我对它的信仰？
这是我最可怕的地方。

好 书

柏拉图的《对话录》
用哲学思维打开了人类的智慧。
《四福音书》的四位作者
也就是四福音的使徒，
他们热衷于基督教的教义，
用语言的甜蜜
给脆弱的理智涂上香料，
发出香膏般的芳香。

一切令人欢欣，
到处都是行善的人们，
宽容、卑贱和英雄气概、德行
在它们纯净的教义中，
什么都没有证明。

据说，弥留者
在这本书中会获得信仰，
理智枯萎时使人陶醉和平静，
将死的人能找到安宁见到希望。

但对你们的教义我是个弱者，
弱得有时额头冒汗，
心里无法存疑。
这也许让我在死时不会哀伤地走，
也许带着基督徒的希冀。

大熊星座

大熊星座，
浩瀚海洋中群岛的明星！
早在牧人放牧于
古巴比伦之前，
早在不安的灵魂
驻进肉体之前，
早在人类产生之前，
你就熠熠生辉！

你孕育生命的时间无从考证，
数不清的人每天都凝视着
你那泼洒在群岛上的光芒。
每个人的眼里它都不一样，

你那真切之光照着一切！
有的信徒心里发慌，
你那真切之光照着一切！
有时照在被单上，
就像闪光的钉子，
冰冷的光线不符合信仰。
可是啊，你最值得我敬佩，
给我审慎祈祷的力量。

消失的喊声

一个距今很远的人
出现在我的眼前，
这是建造古埃及
金字塔的奴隶。
为建设第四王朝
法老克奥伯斯的墓塔，
他弯腰驼背，大块的花岗岩石
压得他站不稳身躯，
他的额头满是汗水，
他的脸涨得通红，
他使胆怯的人消失，
他用逼人的力气，
实现着法老的愿望。

有一天，在劳动中
他突然大叫一声，
是巨石压断了他的脊梁。
他那凄惨的喊声，
使阴森森的天空发抖；
他那凄惨的喊声，
唤起了奴隶们的觉醒。

三千年法老的金字塔下面，
克奥伯斯在那里沉睡，
而那奴隶的形象
却永远地刻在我的心上。

有或无

我有两个愿望，
它们是如此地相像。
痛苦就如囚徒的衣裳，
紧紧地包裹着你，
使你不安甚至死亡。

另一个似大红的玫瑰，
要你纵情地欢乐，
一面是生活的挫折，
一面是尽情地享乐。

可是，纯洁和卑劣，
在犹太的大预言家
伊沙依的笔下都有着
各自的戒律和惩罚。

博　斗

如果没有对手，
搏斗将更加可怕。
我每晚躺在床上，
就好像有一个怪物
缠着我的思想。

它有时像个巨人，
压着我的心窝，
我要起身将它打倒，
身躯却动弹不得。

它有时又像个恶魔，
天上地下，将我折磨，

我抡着双拳想将其击倒，
可它总能摆脱。

有时，母亲提着灯
见我额头的汗水，
关心地问："不睡觉，是哪里不舒服？"
面对她的善良，
我激动地说："妈妈，今晚我在与上帝搏斗！"

红与黑

为了拯救自己，
红与黑就成了一场赌局。
我问帕斯卡尔：
你这个法国的大思想家，
我应赌红，还是赌黑？
到底我应该信奉哪个上帝？
为了荣誉，带着侥幸的心理，
我能不能拿辛苦换来的金钱
去投入那冒险的领域？

最想得到的东西
总比你的投入要轻。
可怜可怜我吧！
我伸出的手又缩回。

我是被赌局吸引
而又被推开的赌徒，
哪有伸手的道理？

生活于我充满着变数，
非红即黑的思维已不适宜。
我会永远地厌恶赌的选择，
时时庆幸被理性的淹没，
即使我的旅途偶受其害，
也不是你这大思想家的罪过。

古玩店

在堆积如山的破烂里，
一尊用象牙雕刻的圣像
正面对着街心，
向他失去的信仰
做最后的陈述。

他被钉在十字架上的双臂
时刻警示着信徒们的苦难。
他的侧面站着一个
面带微笑的女人，
赤裸着，神圣而又庄严。
她虽然失去了双臂，
但维纳斯女神的名字
和柔情似水的艺术形象

却在人们口中代代相传。

在世上，活着的人们，
都有着各自的幸福与不幸，
但奸商的买卖
在讨价还价中玷污了
多少他们的德行和庄严。

上帝们

劳动者的上帝就是土地。
播种在哪里，
哪里就是劳动者的上帝，
神父们所称的上帝，
或许统治着广大的地域。

圣灵、圣子、圣父
都信奉着一个上帝，
以大自然奉为神的人
把世上的万物奉为上帝，
他们嘲笑装神弄鬼的人，
甚至制定法律。

就是那些大哲学家

也让他们信奉的上帝，
搞得头脑发涨、说话不一
甚至以为自己也是上帝。

所以，在这个世界上，
那些疯子无休止地崇拜
无休止地亵渎，
他们怎能明白
上帝的无处不在。

好　人

他是个和善的人，
身体很孱弱。
他擦拭着眼镜，
在不断地思索。

他用精练的语言，
把神的实质概括：
"善与恶都是古人的废话　如同木偶的灵活
得要连线人的操作。"

这使不少人感到
震惊和疑惑，
可他那虔诚地信奉《圣经》
又给人带来了心灵的开阔。

他与大自然同行，
不反对唯大自然神论者；
他不与反对他的教徒争辩是非，
远离极端思维者。

他是个扶他人上马
而又助他人走一程的老者，
这就是唯物主义哲学家，
斯宾诺莎的学生　《圣经》的信徒：巴鲁施。

迟　疑

是什么这样使你早晚地疑惑：
那些数不清的如太阳的星球
任意地发着光，
毫不吝啬地普照山川大地
把它们染成金黄色；
那浩瀚的发光的星球
照耀着地球上的山河大地；
那绿绿的大地河山
使人呼吸顺畅；
那些盛开的玫瑰、睡莲
使人心旷神怡。

你怎么知道：
人类的意识和思维

不，你是按规律运行着自己，
不可见的宇宙和
可见的人类社会。
你不知自己将向何处去，
也不明白人类的用意，
但你们都得任凭规律，
也许这是神的布局，
神的意识在左右。

可是神不会在人间，
也不会指挥
人类科学这一载体，
神的奇异和真实难以想象，
人类的智慧要顺应
宇宙的规律，
这也许是解开神的秘密武器。

忏 悔

我犯的错误如同一桩大罪，
愧疚的心惴惴不安。
我的身体也渐渐地变坏，
我的嘴有时也不听使唤，
一不留神好像
就会冒出这个秘密。

我幻想着回到过去，
善良的心胸能摆脱
沉重的秘密。
一天夜里我挖了个洞，
虔诚地向上帝忏悔。
他人行凶时的血迹已经揩干，
人们的眼睛再也不会

见到那血的境地。

上帝，我向你坦白了
我所见到的一切，
可是在我虔诚地坦白之后，
大地又长出了荆棘。
我怎么还不知道
上帝，你是否原谅了
我那忏悔的心理？

两种眩晕

你作为一个旅游者
站在险要的山巅，
透过那淡红色的雾霭，
颤抖的双膝下，
心里有些止不住地恐惧，
鲁莽使你掉进了
后悔的深渊。

我致力于人类理性的研究，
探索人类的幸福与不幸，
结果也和你一样
有时也会置身于
思维混乱的深渊，
内心的恐惧不亚于

你双膝的颤抖。

上帝托付的责任
如那寒光闪闪的利箭
扎在了我的心里，
你眩晕，脸色苍白，
这是一个常人的心理，
而我会像个疯子
永久地不能饶恕自己。

疑　惑

纯洁的真理
就好像静静地躺在
深深的井底，
人们不留意或
与它失之交臂。

我敬畏它由于凄切的爱，
我独自在井边冒险，
穿过夜色拖长绳索，
眼睛环顾着四周，
用四肢去触碰摸索。

一切的一切
如同空中楼阁。

楼阁让人有所幻想。
我明明听见了它的呼吸，
就要触到它的身体，
怎么它总让我来来回回
在井里随着身躯晃动。

游荡着这条找寻的绳索，
这难道是对我的诱惑？
还是我探索真理，
心里承受的磨难不多？

墓　中

人们以为他已经死亡，
把他放入了墓地。
可他从睡梦中醒来，
一阵战栗传过他麻木的身体。

他摸索到处碰壁，
他呼喊没有答音，
他睁眼一片黑暗，
他有些恐惧，
拼命地挥动手臂，
试图撕去眼前的黑暗。
他用尽最后一点儿气力，
歇斯底里地发出
最后的一次呐喊。

呜呼，这似乎有些太晚。
安睡吧，灵魂！
如若你不想尝尝活埋的感觉，
如若你不庆幸亲人们的疑惑，
你的肉体和灵魂
也许真的永在墓中徘徊。

休 息

放弃那些爱恋，
放弃那些神圣的科研，
我不再如蜂一样追逐
那些奇花异草，
我不再劳而无功时
又不能放松自己的心态。

我放弃那些爱恋，
我放弃那些神圣的科研，
它们时常将我折磨得痛苦不堪。
但愿我不再燃烧起欲望之火，
但愿我像雕像那样，
永恒幸福地活着。

有一天，我真的化作了神像，
快乐地站在底座上，
向自然借来生命，
向雨水借来青苔，
向牵牛花借来红色，
向常春藤借来坚韧，
用树的绿叶铸就我的心，
用不谢的花朵铸就我的眼，
看着祖国的山河壮美。
人民生活得幸福美满，
也就了却了我的心愿。

午　休

中午，阳光明媚。
我仰卧在草地上，
微睁着双眼。
那些树上停歇的飞鸟
唱着它们的歌，
也打扰不了
我浅浅的睡眠，
我的呼吸也惊扰不了
周围玫瑰花的绽放。

时光的流逝，
万事的变迁。
我也渐渐地变得成熟，
把我的血肉献给

最需要我的事业。
在难得的事务中，
安静地享受午休。

我躺在草地上，
头枕着交叉的双手。
碧空万里的蓝天，
蓝天下香喷喷的草地，
一个通过双眼进入了我的心，
一个通过鼻孔沁入了我的肺腑，
我的身心备受鼓舞。

我常常怀想：
人类的伟大爱恨悠长，
就如同天空和海洋，
有静也有喧响。

天　空

如果，你躺在宽阔的大地上，
眼睛一动不动地
看着蔚蓝的天，
它更显得无比高远，
晴朗得更加壮丽。
这时的你会忘记
那微弱的呼吸。

欢喜地看蓝色的天空中
不时飘过的白云，
也许你会有奇异的幻想：
那白云深处，
是雪白的果园；
那果园深处，

飘着长长的披巾。

天使飞着看你的笑脸，
你在看如奶油状的云。
飘洒在蓝天间
一片云渐渐地游离，
就好像是神仙；
接着又是一片云
犹如那飞溅的钢花，
无比灿烂。

蔚蓝的天空
在云的作用下，
奇异地变幻。
我的生命也在
随着年龄的增长，
拂去世间的云雾
在永恒中生长飘散。

在船上

在小船上，
我只听到河岸上
水流中的水响。
那水流拍打着峭壁，
浪花倒卷着
如同那凹凸的岩壁
流下凄凉的泪水。
那些倾斜的桦树，
战战兢兢地望着河水
泛起的激流和
这激流之中的一叶小舟。

我在小船上，
感觉不到河水推着小船走，

一晃而过的崖壁，
转眼间已是过去。
现在的河岸两边
已是鲜花满地。
我的双眼紧盯着船下的水，
水中倒映着颤抖的蓝天，
和蓝天形成的帷幕上
那一叶摇晃着的小舟。

我和小船，小船下的河水
似乎在睡梦中，
起伏蜿蜒远去。
我人生的经历和对今后的渴望
仿佛刚刚经过的一切，
并且也正是我要的
渴望的我的未来。

风

风在广袤的田野里疯狂地吹。
远方的树林发出了哨音，
从林间吹起的树叶
舞动着打着旋儿
急促地向我飞来。

我微闭双眼侧耳静听，
林中的哨音似乎
混合着野兽的嗥叫，
又好像有战场的厮杀声，
士兵喊叫着为了自由，
国王们用重器轰击着
对方的堡垒。

多亏现实的风
吹断了我那散乱的回忆，
不让我痛苦的记忆顺风继续。

可在我的心里，
这些徒劳的风暴
不知何时又起。
但我有一颗坚定的脑袋，
任凭那邪恶的风暴再起。

初醒时刻

清晨，我睁开眼，
第一句话就问候了白天。
清晨，我没有起身，
太阳的光辉就映在了
我沉重的眼皮上，
什么时候它透过玻璃窗，
把光洒在了床上？

我仰卧着一动不动，
慈善安详，一道道光就如同
先哲们的智慧和思想。
我紧闭双眼像死人样，
享受着太阳和大师们
散发出来的不同之光。

我没有睁眼，
就给我充满了希望。

我还想赖床，
是那些黎明鸟的叫声
唤醒了我起床的欲望。
我浑身都是看不见的
那些花草的芬芳。

你怎么知道
我的赖床使我尝到了
像死亡摆脱尘世的喧嚣
像醒来享受光的照耀？

致康德

我多么想
在梦中和你相遇,
与你一道逃离
这贪婪和冷漠的人世。

你说过这个世界
对人类只不过是一场梦,
你说过在自然界中
我们只知道认识的东西。

思考者只能抓住认识的条件,
却抓不住认识的幽灵,
只有理想才能无穷无尽。

挖去那残酷的
不可靠的表象，
让我们的感观
做一个梦吧！一切和谐芬芳。

让我们的理想
涂上美丽的颜色，
让我们的味觉戳穿
甜蜜的表现。

我们既然献身于科研，
就不要让那些
以自己的名字命名的成果
搞得自己头晕。
我们拥有的真实
一定要后来人给予评说。

遥远的生活

难道今天还没有出生的婴儿，
明天成长着的人们，
你们就没有隐约地听到
助你出生的人，
那走路时的轻响，
那金属的碰撞，
那欣喜若狂的大叫？

大海的涛声
永远是你们的欢笑，
参天的大树
永远是你们乘凉的去处，
嘈杂的响声
永远是你们展开盛宴的地方。

当你们在母亲的腹中躁动时，
早已乞讨过生命
和生命的幸福安康。
可难道就没有一个
自由往返于阳阴间的人，
告诉你将要出生的人
你正安睡在地狱的上方？

人类的赞歌
无数的都是附和与假唱，
只有那金属的碰撞
和那若喜若痛的狂叫，
才是真实的人类世界。

为了这，你来到这个世界，
势必要舍去很多欲望。
在生命的旅途中，
参与或倾听原子的钟声
和大自然的旋风轻轻作响。

翅 膀

上帝，那时我还小，
垂涎着天使的翅膀，
想飞跃天空，
在宇宙中翱翔。

可世界太大，
我向哪里安排我的肉身？
我渴望纯洁的天空，
我渴望常春的四季，
我渴望美满的爱！

在这高空中，
我却什么也没有得到，
反而我倒像一只斗败了的公鸡。

天空中那令人窒息的空气，
仿佛都无法安放我的灵魂，
那些飞翔的鸟类，
仿佛也在嘲笑
我飞得不伦不类。

唉，上帝，
是哪个忌妒的天使
给我插上了
不合我身的巨大翅膀？
它一直在不停地扇动，
它一直架在我的身上。

最后的假期

一个七岁的孩子
永远地离开了人世。
他是追逐幸福吗？
在人世上，
他还没有展开翅膀，
他还没有享受爱的快乐！
他那羸弱的身体，
与他那圆睁着的大眼睛，
留恋地看着
金色的橙树下
慢慢变蓝的地中海。

他被拴在书本上的功课，
他被老师命令的声音，

和一个母亲的爱，
亲人们的渴望，
都即将一并摆脱。
能自由地消失，
能用他最孱弱的身体，
击败最有力的强者，
他觉得是非常高兴的一刻。

似乎在蒙眬中，
他感觉到了什么，
母亲好像是他的大姐，
老师也唯他是从。

他的顽皮、偷懒，
也算不得什么。
他似乎感觉到了什么，
他的眼睛好像
随着一只船，
在这寂静的夜幕下远行。

梦的真相

在梦中，一条阴险的蛇
从我的枕头底下爬出，
用它柔软的身体
缠着我燥热的手臂，
用唾沫把媚药
涂上我的嘴唇，
它变幻着华丽的颜色
挑逗我开心。

这一刻它好像是我的奴隶，
可不久，我就明白了它的用意：
它那媚药麻木了我的躯体，
我的血液也好像在凝结；
它那渐渐收紧的缠绕，

和那冷酷的眼睛
凝视着我，
要我快快地死去。

我挣扎着反抗着
试图站起身，
可一切都徒劳无益。

我死了，又醒了，
完全被这残缺的梦所覆盖，
我疑惑那沉重的蛇，
你是谁？

哀 叹

我好像活在蛮荒时代，
那些不干事儿的人，
不知工具怎么用的人，
还自我陶醉，
嘲笑辛勤工作的人们。

我哀叹，我的周围
从城市到乡村再到沙场，
传到我耳际的
皆是痛苦与不幸。

我哀叹，为那些
胸口被击穿、跌倒在地的战士，
那些睡在草垛上的孤儿，

那些吃不上饭的穷苦人，
发出呐喊。

谁在平静地
支起生活的大帐？
谁在痛苦中
没有享受到阳光和幸福？
谁会在痛苦中
心满意足
像个安然的梦欲者
无动于衷？

我不能让哀叹缠绕着，
我要呐喊，像是责任，
尽管某种人道的东西
穿透了我的肺腑，
但我拥有的博爱也一定
会穿透那些忧患。

故 乡

通往故乡的路宽阔平坦，
等待着你阔步兼程。
远离孤独寂寞，
和众人在一起，
还有愉快的人生。
人都有不足，
及时修正才会完整。

只有抱成团的人群，
才有强大的力量；
只有抱成团的人群，
才能看到善良、公平和公正。

那些死去的人随便地

要你去做他们的继承者，
而故乡总把最值得他们
骄傲的人雕为塑像。
他们使人们去高傲地奋斗，
在奋斗中唤起人们的激情。
他们的形象如波浪，
有时也会从你的胸口
涌到眼睑上。

来吧，在故乡的广场中央，
你的塑像和你的英雄气魄，
足以震撼那些忧郁
和颓丧了的人的心窝。

让你美丽的心灵，
如风一样地吹散吧！
让你的竖琴和着你的诗歌，
迎风飘扬吧！
它们将像鼓一样
振奋人的心灵。

梦

在梦中，一会儿农夫说：
"没有面包，你去播种耕地吧！"
一会儿裁缝老板说：
"你的裤子破了，自己去织补吧！"
一会儿看到房子在滴雨，
那个手拿瓦刀的人
把瓦刀递给我："自己去修吧！"

我孤零零一个人，
好像他们在嫌弃我。
他们在诅咒我，
诅咒我只会单一的工作。
当我正在乞求上天
给我怜悯的时刻，

四只凶恶的狮子，
站在我面前正在扑咬我。

我惊恐地睁开眼睛，
看到伙伴们
站在楼梯口的一角，
吹着口哨儿在笑。
黎明的曙光已经照在床上，
田野里一片绿色，
织布机已隆隆作响。

这时我才脱离了梦境，
感到现在的幸福时光。
谁也脱离不了别人的帮助，
珍惜你的工作，
爱他人与爱自己一个样儿!

世界之轴

阿特拉斯①，你这个神话中的巨人！
头顶着天空双手叉腰，
那粗硬的胡须垂到
你那宽阔厚实的胸膛。

起来吧，人们！
制造犁铧、马衔和撬棒。
起来吧，森林、群兽、田野和海水，
你们这些被征服者，
要用你们的行动
反抗那些安稳的
作威作福的众神。

①希腊神话里的巨人。他反抗宙斯及众神时失败，后被罚为众神顶住天。

他们把如山重的担子
毫无情面地压在我的肩上，
使我大汗淋漓。

起来吧，竖起高耸的山，
建起巨大的城市，
筑我坚固的腰身，
便与众神匹敌。

起来吧，我的鼻孔就要流血，
你们坚强的无休止的劳动
不可能一无所获。

轮

一个聪明智慧之人
好像有仙人之助，
他发明了车轮，
把那既柔又硬的
槭树折成了
如星辰状的圆环。

它是一个古老的杰作，
以致后来者——俄耳浦斯①
借来你的星辰样的轮轴
做了他那把神圣的竖琴。
由于它有神的力量，
可使沉重的大理石

①希腊神话中的诗人和歌手。他的琴可使顽石点头、猛兽俯首。

快速地击穿天穹飞向宇宙。
在它神力的作用下，
那原地的石头像沙
一样地在空中前行。

大地因响亮的滚动而颤抖，
地狱里的骏马为你而骄傲。
忆起当年拉动的车轮，
阿波罗的车轮，
与你相比它逊色许多。
阿波罗窘得脸部发烫，
是因为你的速度快了许多。

铁

在肥沃的田野里，
耕牛牵着明快的犁铧。
在犁铧经过的地方，
土地被轻快地剖开。
农夫只顾愉快，
忘记了土地的坚实，
忘记了铁的存在。

这种活儿要在没有铁的时代，
耕种人的双手再用力，
甚至流出了鲜血，
也很难把土地翻开。

正是有铁的存在，

那些工匠们发明了，
铁犁铧这个坚硬明快的农具，
使得农夫耕种不再费力。
一项小小的
有益于人类发展的发明，
展现着发明者的大爱。

世界上有那么多知名者
和被人们赞扬者，
可你要问我：
谁是农民的救星？
他就是铁匠的祖师
土八该隐① 。

---

① 《旧约·创世记》里说，他是世上铁匠的祖师。

受苦的力量

在漆黑的铁匠铺里，
叮叮当当地响，繁忙。
那些巨大的锻锤，
那些削铁如泥的切割机，
在无休止地工作。

它们不是人，
但比人有力量；
它们不知道辛苦，
但比人工作的时间还要长。

它们看着火红的钢铁，
怎样在自己的身上
变作人们有用的形状；

它们用冷酷的心
完成人们的所想。

它们辛苦并且驯良，
它们有力量却不张扬，
夜以继日地繁忙，繁忙，
却让人们回想起了但丁①。
那驯良、可悲的力量
是来自叫作地狱的地方。

人为什么驱动我又抗拒我？
这些混乱现象真的
没有别的办法协商，
人们的聪明才智
真的无限期地推托，
它的休息时间
时有毁坏它的体魄。

①意大利文艺复兴时期的先驱。著有《神曲》等著名诗作。

剑

这柔韧锋利的东西是什么？
它劈不开顽石斩不断树木，
它既不是人们日常所用工具，
也不是人们所说的艺术。

武士欣赏它是为了冲锋，
国王欣赏它是为了权力，
人们爱戴它是因为它的不动。

它有着一出生
就让人厌恶的本性，
它有着割花弑血的凶恶。
它是什么？
闪着光的铁条。

我厌恶得不愿说。

剑——你是一个恶魔!
在地球上你杀死了
多少活的生灵?
又劈掉了多少人类的花朵?
直至那一天,
肉体有了法律的护身,
才会摆脱你的折磨。

在深渊里

潜入深深的海底，
潜水员是多么的兴奋，
五彩缤纷的海底，
就如变幻着的
绚丽多彩的天空。

数不清的活珊瑚，
数不清的各种各样的鱼，
它们色彩斑斓，争奇斗艳。

海石花如同地上的花草，
大大小小的鱼，
如同蓝天中的飞鸟，
在海水中闲逛。

它们过着没有繁星的日子，
它们吸收着海洋中的营养。

在远离海岸的地方，
平静的海床上，
有根粗大的缆绳，
触动了潜水员的联想。

昨天人类想从天上获取雷电，
今天却成了海洋，
倾听人类的希望。

秋的悲歌

秋天的原野上，
那七纵八横的犁沟
和着那屋顶上袅袅炊烟。
人们睁开那双乏累的眼，
弓形的天穹飘着游荡的云彩，
是它锁住了秋收后，
单调的广袤的土地。

忆着过往的岁月，
这里曾是一片原始森林。
鸟在这儿嘤嘤地亮嗓，
我与明月和着树叶，
在清风中歌唱着心爱的诗作。

可现在，我感到悲哀，
造成荒凉的到底是什么？
我追问阳光和那仅存的
星星点点的绿色。

我哭着，徒劳无益的诗歌，
怎比生产这面包重要？
面包养活着人们，
却比我这美丽的大脑重要。

致新兵们

只要你们顶着烈日
在通往前线的路上前行；
只要你们在战场上
背着枪推着炮，
战士们，你们的名字
就不会被国王知道。

你们毫不知晓，
战争的微妙
和国与国仇恨的根苗，
只要你们被枪弹击中，
或在残酷的战场上
混战于刺刀间，
带着有生以来

巨大的恐惧，
牺牲于战场。
你们的渴望和梦想，
也就随风化作了爹娘的悲伤。

我们这些活着的人，
或许去继续战斗，
但我们这些简朴的农民之子
必须清楚地明白，
战争不是为了卑鄙地享受。

记住，即将奔赴战场的新兵，
不要让我们因你们的伤亡
而内疚、痛苦，或者
失去活着的愿望。

向　前

向前！向前！勇往直前！
但谁能告诉我，
古老的大地，
它是如何获得了坚硬的外壳？
混沌初开时，
天和地又怎样地拼搏？
海洋怎样割裂了土地，
上升的泥土又怎样变成了
山体和草地？

可怕的翼龙、沉重的猛犸象，
纯洁的空气、蓝天、玫瑰，
美好的亚当夏娃之爱，
这个世界好像夜以继日地

向前，向前……
地球好像也记录着，
它缓慢而坚实的脚步。

可谁能确切地告诉我，
所有的一切从哪里来？
未来又驶向何方？

啊，那些好奇
而又冷静的学者，
你们既然已经揭起了
大自然初生时的襁褓，
也一定能窥探到
它们驶向的最终目标。

画　像

她走了，出于忠贞不渝的爱。
我要画一幅
栩栩如生的画像，
将她的一切留在
这虔诚的画像上，
留下她的缺点，
也留下她的美丽。

画完后的她，
在画家的画布上微笑着，
惟妙惟肖的身体
和她在时一个样儿。

可是阳光啊！

你这个我们最熟悉的朋友，
请把光再一次传给她，
以便她的眼睛再次闪亮。

我的画家啊！
请你借着阳光，
手不要发抖，为她镀上
我爱她的
每一缕的光线吧！

约　会

天色已晚，
天文学家还在工作，
他登上高高的塔顶，
塔顶上是寂静的夜空。
他的头被夜色淹没，
他好像在天空中寻找着什么。

颗颗晶莹的星体，
如同抛向太空的火种，
它们耀眼闪烁移动着，
并且有的是一闪而过。

他紧紧地盯着，
盯着他所关注的那颗，

金牛座的岛屿直至黎明，
对它说：你会回来的。

它丝毫骗不了永恒的科学，
永恒的科学不仅限于人类。

当它归来时人类或早已灭绝，
但它那经过变迁的坚定目光
和那永恒的真理，
仍会在这高塔上瞭望。

裸露的世界

在实验室里，
化学家四周放着
小瓶、小炉和奇怪的蛇形管。
他认真地研究，
确定好实验剂量，
就好像是爱的砝码。
加入后立即产生反应，
或结合，或分手，
在化学家的手里，
操纵着它们的天性。

我十分不解，
为什么凭着化学家的手，
晃动小瓶就能

决定它们的爱情？
研究者请你告诉我，
在你的实验瓶里，
怎样读懂世界的内部。

我多渴望，
你把我带进这科研的帝国，
还原一个无遮掩的我，
现实很美但又充满痛苦。

勇士们

美丽的高大桅杆，
撑起了多条横桁的船帆。
强劲的海风绷紧拉高的帆，
船帆拉动了大船，
它即将驶往北极，
去度那美好的冬天。

它沐浴着暖暖的阳光，
阳光下蓝蓝的海水，
海鸟围着船在飞翔。
旗帜在迎风飘摆，
它正迈着优雅的步履，
驶向北方无垠的大海。

看着它行驶过的，
白白地泛起浪花的航迹，
我的心在忧虑，
这次旅程会不会
被巨大的冰山击毁？

而站在我旁边的，
船长的儿子却吹着口哨儿，
正为这次冒险在欢喜。

欢　愉

为了这，独一无二的欢乐，
哪怕一小时，
你也要给幸福一个机会。
人人都有追求幸福的权利，
幸福不会舍弃哪个人，
幸福也不会无故地赠予哪个人。

一个小时的太阳，
也会使天空发亮，
你若用双手在白天忙个不停。
一小时的黑夜，
也会使逝者满足，
一个夜晚不能。

但总会有六十分钟的爱情，
你活着就是最大的幸福。
世上好多人，
拨动着你的脆弱心灵。
你要有坚强柔韧的心灵，
像高山一样的安稳，
像海洋一样的宽广，
像沙一样地流放烦恼。

致愿望

你还在吗？
神圣的愿望。
你扇动着翅膀，
飞翔于万人之上，
一旦落下就变成了欢喜。

你这好奇的漫游者，
竟没有过多的语言，
懒得再让娇艳的花儿开放。
在事业的故乡，
你完成了一个完美的工程，
就觉得再也没有可往的地方。

可我们的年轻伙伴，

怎么会把你舍弃？
他们为你已燃起内心之火。

用他们的思想，
用他们的爱和友谊，
不停歇地追逐着你。
他们会伴着你的新生，
而永无休止地前行。

致奥古斯特·布拉歇[①]

朋友，对语音的发音和语法，
我们都有着很高的热情。

你以你的研究和博学，
用你聪慧的大脑和灵敏的耳朵，
能分辨语音走哪条小路，
单词在哪里能变换它们的法则。
而我对这些只乐享其成。

我不愿意观察语言中的细节，
猜测着词语中神秘的组合。
就如我不想知道，
你生活中的秘密

[①]法国语言学家。著有《法语历史语法》等。

和你选择的工作细节一样。

如果你想让工作有趣，
不如这一晚我们交换岗位。
你来告诉我，
一只蜜蜂的规矩和习性，
让我变成它采蜜使你高兴。

最初的孤独

在学校的操场上，
在操场上的树荫下，
有个学生在哭泣。
其他的小学生，
做着各种游戏，
他躲在角落里理也不理。

有些顽皮的孩子，
管他叫丑鬼。
有时同学们在一起，
他让出自己的玩具，
显得特别乖巧和善意，
可有些孩子说他冒傻气。

平日里，他总是
注意自己的仪表，
皮鞋擦得很亮，
衣服干净整齐，
见到老师恭敬有礼。

他真心希望小伙伴们
能给他集体的温暖，
人与人之间多些和气，
可有些伙伴们说他富有，
妒忌他的礼仪。

就这样，他的学习成绩日益下降，
渐渐地听不懂老师讲课，
被老师罚站斥责，
小小的心灵掉到了
种种耻辱的泥坑里。
白天，是上课的钟声；
晚上，是宿舍里冰凉的铁床。

小伙伴们已进入梦乡，

他却在床上胡思乱想，
睡着了却又在做梦。
梦里一会儿呼喊着妈妈，
妈妈的脸无比慈祥；
一会儿又有几个坏蛋，
把他扔进了铁窗。

他从梦中惊醒，
孤独凄惨之地，
使他的眼睛流下了
悲痛的泪水。
母亲，你在哪里？
如果你不住进坟墓，
我也不会千里迢迢地
来到这个陌生的地方。
虽然这里不愁吃穿，
虽然有叔叔阿姨们的照顾，
但哪有母亲的心房温暖？
对母亲的怀念，
使他一宿未眠。

十四行诗

二十岁风华正茂的男人最为挑剔。
初见的女孩如过眼云烟，心无所动。
心所钟情的外貌双眼还没有显现，
痴迷与狂喜爱上世上最美的女孩。

昨日有一女孩的眼睛动了他心扉，
完婚后哪知道女孩懒惰娇生惯养。
动了心的女人化作了他身心痛苦，
那双风情的眼睛魅力也不复存在。

初见的姑娘内秀珍宝般外溢显现，
生活中只知改变不幸却不知避免，
到头来只为一时激动却从此受难。

随着时间他又发现很多可爱女孩，
可他知道再觅新欢是对夫人不恭，
他那颗张开的心早已经疲惫不堪。

爱的衰亡

秋天已接近尾声。
湖边泛起的秋风，
吹着那些枯萎的灯芯草，
在不住地叹息。

冬天即将来临。
湖边的柳树更是凄凉，
在秋风中瑟瑟作响，说：
"瞧，多么忧伤！
让我金色的柳叶
做你的衣裳，
今天你就当我已逝的
青春的坟墓吧。"

湖水在秋风中泛起，
寒凉的浪花，
挠着柳树的脚，说：
"我那失去春夏的情人，
别让你的金色的羽翼，
一片一片地掉落。
你的这种方式的吻，
如同船桨的击打给我惊悚；
又如同吻一个伤口，
不断地扩大、扩大，
最后我的整个身体
变黄变绿也会死去。"

岸上紧挨着他们的灯芯草，
用触角感觉到了
他们在伤心地落泪。
"为什么他们有如此的煎熬？
为什么不把那些吻，
一次性地摇落在他的情人身上？"

钟乳石

在这个岩洞里，
手举着的火把，
将它照得通红。
点滴的声音，
都会撞到岩壁上，
发出回响。

穹顶上挂着的钟乳石，
在火把的映照下晶莹透亮。
它那凝结着的冰柱，
不时地在滴着如泪的冰水，
砸到了我的脚背，
感到有些痛苦和安宁的滋味。

在这长期幽暗的背后，
是否也有着永无休止的
哀痛和那静静的忍受？
若远处那些受难的灵魂，
那些古老的爱情都已经消亡，
我的内心，
怎么会有嘤嘤的哭声？

没缘由的欢乐

人们对痛苦的由头，
知道得一清二楚。
但对欢乐的缘由，
时常糊里糊涂。
内心平静的时候，
令人奇怪的喜悦
在心里苏醒。

玫瑰般的天色充满小屋，
那一刻我爱极了整个宇宙。
我心情激动不知什么缘由，
但短短的一个小时后，
黑暗又重新来临。

这短短的使人激动的，
欢乐时光是从何而来？
是天堂大开它的恩情吗？

是传说中的四月，
将夜晚重新照亮了吗？
是春天里的爱情之火燃起了吗？
再或者是那些，
无名的星星飞去后，
留下的一点儿余晖吗？

都不是，这倏然而去的神迹，
来时无从追索，
去时也没有什么先兆。
也许，它是迷途的幸福，
弄错了地方，
一时照耀在我的身上。

大　路

这是一条宽阔而又古老的路，
路的两旁生长着高大的椴树。
它们好像在空中握手，
树冠把宽广的路面遮住。
站在路的中央面向天空，
好像把天隔开。
你只能看到树叶搭建的穹顶。
穹顶下面是幽暗的路，
这路给人带来一种惊悚，
孩子们白天也要仗胆通行，
是什么给这条路带来这样的阴森？
是什么使这条路让人这样哀怨？

这条路的阴暗一直没变，

古老的椴树皮黑黑的，
开裂着如久旱的泥土，
它们张着一只只手臂就像
那高高地伸展着的蜡烛台。

它的上方看不到太阳，
路上的沙石也没有反光，
下雨了也听不到雨声，
只看见那雨滴断断续续地落在地上。

在路的远方丛林的深处，
有座围着栅栏的庙堂，
围木早已被雨水腐蚀，
圣洁的葡萄藤早已爬在地上。
只有庙堂里的爱神，
仍是那微笑的模样，
用断去的手指着远方。
远方那个雕像的心，
已被石箭所伤。

你如果来到这里，

就会感到这儿的神秘，
在冰冷的神像四周，
似乎能感到爱的磷火
低低地飞扬。
记忆的精灵在默默地流泪，
虽然岁月蹉跎人鬼两隔，
可谁不信那情火相约打得火热。

再也不要说这条路幽深、黯然，
和那椴树的坏话。
那是在此相爱至深，
和那不老的爱神唤醒灵魂之地，
那是有着昔日的热情之吻，
而今又想索取前来回味之地。

华尔兹

纱裙簇拥着舞曲，
脸色苍白的舞伴，
相对无言地旋转。
地板弯曲灯光闪闪，
缭乱着他们的双眼。

这使我想起英国海岸上的礁石，
伴着海水永不停息的声浪。

缓缓的华尔兹舞曲，
藏着那忧郁的表白。
心灵的翅膀轻轻地滑翔，
如同一幕幕逃离，
又如同一幕幕归来……

这使我想起英国海岸上的礁石，
伴着海水永不停息的声浪。

风华正茂的男子春情萌动，
纯洁的少女心意难安，
他们的嘴唇用一个，
永远不会再来的吻，
交换着甜蜜短暂的许诺。

这使我想起英国海岸上的礁石，
伴着海水永不停息的声浪。

音乐渐渐地变弱，
华尔兹也已停止。
灯光逐渐地减弱暗淡，
苦恼使镜子里的人掩面而泣，
只剩下黑暗更加浓密。

这使我想起英国海岸上的礁石，
伴着海水永不停息的声浪。

天　鹅

湖水深邃而又宁静，
水面光滑如镜。
天鹅用它那宽大的脚蹼拨着水，
优美的舞姿悄无声息。
它那双翅膀微微颤动，
露出了雪白的绒羽，
它如同美丽的白色航船，
映在水中的倒影坚定而从容。
它把那细长的头颈拉起，
低视着苇丛，
时而长长地探入水中，
时而弯曲宛如优雅的花茎。
将墨色的吻喙收于前胸，
有时它沿着湖岸丛林幽静的倒影，

拨动湖水荡开碧油油的青荇，
如绿色的发束拖于身后。
这般悠闲宁静逶迤地前行，
诗人的内心为此而感动。
如饮一杯清泉忘了岁月的苦痛，
它欢喜，它徜徉，它流连，
一片树叶悄然地滑过它的翅肩，
它展翅高飞离开幽暗的林荫，
飞向水天一色的湖心。
此时的湖与岸已是一片迷蒙。
当夕阳将美丽的天际染红，
当蔺草和香蒲都已纹丝不动，
当蛙声清脆的叫声响彻天空，
当夜萤在月光下闪着亮亮的光明，
当一切都变成模糊的幽灵，
这高雅的天鹅将头埋入羽翼。
在映着乳白和紫罗兰色的天光下，
淡墨色的湖水如银瓶一样，
在水天两重天间宁静地安睡了。

银　河

一天晚上，我望着夜空，
对着满天的星斗追问着。
在无尽的黑暗中，
你们发着温柔的光，
你们可曾享受着无比的幸福？

你们的那些发光的圣女们，
她们一身洁白的衣服结队而行。

为什么在不停地祈祷？
你们是造物主的祖先，
又是众神的统领，
怎么发出的光透着寒凉，
像人们伤心地闪着的泪光？

还有的像受了伤的身体，
掉到了人类居住的地方。

在这静谧的晚上你偷偷地对我讲：
我们有着众多的兄弟姐妹，
也有着极大的能量，
但可不是你想象的那样；
我们隔着很远的距离，
发出的光在浩瀚的宇宙里，
只会化作孤魂野鬼
或那悲伤的泪水；
我们炽热的情火，
也会在冰冷的空中燃尽。

听了星星的这些话，
我感到很无语。
我们处在同一个宇宙，
有着相似的心理。
我们的兄弟姐妹看似邻近相依，
但那颗闪亮的心总在
孤独的世界里默默地燃烧着自己。

大地与孩童

小时候在地上蹒跚学步，
灵魂和眼睛纯洁而美丽。
长大后走在大地上，
却觉得不屑一顾。

感觉忘记了大地，
过多的思虑疲惫时，
让我觉得懊悔。

低我一头多的孩子，
当他们离开乳娘，
用迟疑的小脚，
去认识大地。
用双手触摸世上的一切，

多么的勇敢无畏！
他们面对凶恶的家狗，
注视着每一个活物，
跑进深深的草丛。

他们听着青草吱吱地长高，
闻着青草的香味儿，
他们盯着一块块青苔，
摆弄着一粒粒的沙石……

花儿吻着他们的唇，
他们的唇与花儿一样高。
人们擦去他们的泪水，
而泪水是滴滴的晨露。

过去，我也和他们一样，
大地向我伸出手臂，
花儿向我凑过嘴唇，
自我想探清它的奥秘，
再也见不到它的踪影。

从此对我来说，
它再无秘密只有新奇。
我见到大地之美，
心里感到更为孤寂。

当我放下架子弯下腰，
扮作孩童时，
我的心更加纠缠，
纠缠着这位乳娘，
是否还能哺育我……

不要抱怨

请不要抱怨，
不要抱怨这一时忧伤。
爱的轻薄会令人懊恼，
爱的热情衰减，
如同花儿会碰伤。
不要把花儿拉到面前，
闻它一时的香。
看看我们周围的人——
蹚过悲痛爱河的人，
才由衷地诉说幸福，
这就是爱的永恒。

他们感到幸福是在热情熄灭以后，
他们的眼睛再也没有旧日的光芒。

他们的亲吻再也不会战栗于心口，
他们相碰的手指再也不会有电流。
他们幸福得可以住同一间房，
他们幸福得可以使用共同的财富，
他们幸福不会再有可爱的秘密，
他们幸福大家也看到了他们幸福。

可他们再也体会不到，
那攫取内心的爱的对视，
那火热的灼痛和沉重的压迫，
而这种灼痛和重压，
就是痛并且爱着的永恒。

温室里的植物

冬天，暖暖的温室里，
生长着花和树，
无论什么季节，
它们都在享受适宜的温度。

一棵笔挺的树就要戳破屋顶，
瘦而长的叶片箭一样射向四周，
一棵五年才开口一笑的花树，
尖锐的芒刺使你不能伸手。

还有一棵用它的手，
紧紧抓抱着玻璃壁墙，
懒懒地望着窗外风吹的枯草。

它们过着风吹不着的日子，
它们享受着枯草没有的待遇。
它们分不清春夏秋冬，
它们红花济济、绿叶满地。
它们在温室里争奇斗艳，
它们慢慢地吐着气息……

它们让来这里的人痴迷，
它们让来这里的人时有窒息，
它们为自己的气息沾沾自喜。

看，紫罗兰，
花中的魁首，
它美，它洁，它香味儿扑鼻，
可此时此地你把它亲近，
它会使你的灵魂更轻快、更清新，
也许它会使你死去。

荒唐的情感

我真荒唐，爱上了邻家的孩子。
他那乖巧的模样讨我喜欢，
他那稚嫩的声音像磁铁，
吸引着我不愿离去。
他母亲知道我来的用意，
将他唤出认为我是为他而去。

他每次听话地与我游戏，
缠着我跑来跑去。
要我教他在沙地排兵列队，
要我教他怎样玩弄玩具，
他娇滴滴的童音打在我心里，
我都有一种说不出的心愉。

我也坚信他说他爱我，
是童心的诚意。
可是有一天，他的父亲突然到来，
他飞跑过去拍着小手搂着、抱着，
独把我扔进蛮荒之地。

插　条

当起伏的大地披上绿装，
当春天的鲜花把道路两旁染黄，
当人们迎着花香赏春的时候……

五月里一个年轻的小伙儿，
把一盆盛开的玫瑰花
放在窗台的正中央。
他放任着它的生长，
他放任着它的存亡。

有一天，几位年轻的姑娘，
经过这里看到美丽的玫瑰在开放。
她们把花摘下别在衣襟上，
看似玩笑一样。

她们的手指令秋天提前到来，
她们的手指使玫瑰遭了殃，
窗台上失去了花朵，
小伙儿心里增添了惆怅。

以至有一天年轻的小伙儿，
挨家把邻里的门户敲响，
走访是些什么人，
把他的玫瑰花弄伤。

大门一个个紧闭，
终于访到最后，
一位姑娘把大门打开。
她笑着看着年轻的小伙儿，
"我无意拿它打扮自己，
而是为了抢救枝杈，
你看我已把它扦插，
以便在更美丽的日子还给你。"

犹　豫

我每每想对她说些什么，
但每每心里都犹豫不决。
即使我会轻描淡写，
语言也会露出蛛丝马迹。

这异乎寻常的懦弱，
到底是因为什么？
或者，我已经决定要说，
最后却仍然陷于沉默。

年轻的时候表白心思，
对我算不得什么。
可现在我的唇舌无比笨拙，
我已不再那么勇敢。

我觉得我爱她，
却疑惑这是不是真的。
就是自己的泪水，
有可能也对自己撒谎。
也可以说我平日里的纠结，
我的心里悲泣和犹豫，
也许是我过去的爱情。

祈　春

春，你来了。
你把褐色的土地变成绿草，
你把古老的树木化成绿色千条，
你把去年的花枝唤出新的花朵，
你把每一个生灵赋予萌生，
你让微笑爬上每个人的嘴角。

你让穿着破衣烂衫的土地，
都缀上金银和珠宝。
你让温和的日光洒满庭院，
直至那屠户的楼角。

春天啊，
万物都相爱，

万物都相连，
就是坟墓
也长出了茵茵的绿草。
这可爱的新生命，
它的根须也会触到死者的灵魂。

我祈祷，愿这些逝者
得到春日的温暖，
复活神圣的希望
在他们的骨灰当中萌芽生长。

流 亡

我同情那些
流亡异乡的不幸者。
抛弃妻子的爱与美，
那些不愿分开的情侣，
一起流亡到荒漠。
相对还比较幸运，
他们能够与伴侣一道，
带走一个完整的
对家乡的回忆。

在他们微笑的眼睛里，
找回了故乡的阳光和土地。
土地上重新开放的百合，
也会带着故乡的香气。

在这里，他们留下了，
故乡的太阳忠诚地发光，
把旧日的痛苦做了现在的新床。

我毫不同情那些
什么都没有失去的当地人。
很难看到他们满足的欢喜，
那些一切都想得到的，
土地、家庭、情人，
两手喷香不劳而获的人。

我同情那些真正的流亡者，
他们抛弃了拥有的一切。
我更同情那些身处家乡，
而没情侣为他们悲痛的人。

他们在自己的家里，
日夜在寻找最需要的人。
亲人和伴侣，
越不离家越感到孤独。

流亡在自己的家乡，
是最悲哀的流亡。

蓝天、空气、圣洁的百合，
还有祖上的田园，
治不好他的创伤。
家乡土地上的温柔的爱情，
只能离他想要的爱更加遥远。

舞会女王

我知道在这里她最漂亮，
我知道她是今晚的女王，
我知道我是执拗的败将。

我是否还有与她共舞的希望？
我将她仔细地打量，
希望在她舞伴的行列中，
有一个我可以侍立的地方。

希望能温和柔声倾诉，
对她权柄的敬仰，
虽然我语言的表达和
对美的欲望都不够仔细，

但对于从她头顶上滑落的玫瑰，
还要快步拾起，虽然不愿第一。
我希望在她的笑声里，
有我的一分心意。

我希望把我的位置，
摆在她的视线里。
我希望在她的金发里，
能嗅到凡人的清香。

跳舞时我觉得两臂轻松，
但总感觉有一种不实的甜蜜。
是由舞曲而生的感动，
还是因舞伴的脉脉柔情？
也许是我心中记忆的梦。
大多数人的跳舞是按最强者的意愿而告终。

在高贵圣洁的舞池里，
在眼花缭乱的灯光里，
在百千人的眼睛下，
女王绝不会向你告白，

虽然我的灵魂很狂放。

我虽然爱你，想对你鲁莽冲撞，
却又不愿意向你投降。
假如在被罢黜女王的当天晚上，
你倒在床上闭上双眼，
心里做着祈祷，
假如你一时难以入睡，
双臂放在胸前蒙眬着双眼。

假如你满意于这种殊荣，
却困倦得没有力气，
你就让这些假如消失，
消失于遥远的记忆。

而在这样忧郁的日子里，
你房间的玻璃上，
将流淌着那位不幸人的泪水。

快做这样一个梦吧！

我在你的窗前透过雪白的窗纱，
看到你那美丽的身姿。

丑姑娘

尽管姑娘们会说自己丑，
但要这个字出于旁人之口，
姑娘们就会用最刻薄的语言，
回击对她的不敬。
爱美是大自然赋予的天性，
母亲给了姑娘们爱美的权利，
她们有权维护自己的天性。

但也有例外。
一位姑娘天生长得很丑，
平时人们不愿多瞧她一眼，
还有的小伙儿拿她开玩笑，
放荡地用恶语中伤，
她放弃了产生爱的欲望。

甚至有些自嘲母亲不会担心，
自己也会安心地睡觉，
可不承想在一次婚礼的舞会上，
一个毛头小伙儿把她拉进角落。

可怜的姑娘她还年轻，
丑是美的姐妹，同为幸福而生，
她对幸福也有美好的憧憬，
她虽然丑于外貌却美于心灵。
当一位好心的长者，
夸她的头发最为漂亮，
她也对他施以最美好的敬仰。

孩子，我的丑姑娘，
你是一个有着美好心肠的天使，
你还年轻，
等到你了解了儿女情长，
自然也就会有人将你爱上。

春　怨

春天来了，令人神往。
春天来了，春天走了。
四个季节，独春匆忙。
我愿春长驻我的身旁，
因为春天有我心爱的姑娘，
我的心时刻将她盼望。

可是啊，春天和煦的阳光，
对我是无比的惨淡。
怎么不让我见到她的柔肠？
见她时还是在冬季。

舞会上短短的一瞬间，
那幸福只如一寸的火光，
我本想在众人欢乐的日子，

借着你春的力量和她见上一面，
你却令我情绪不佳。

甚至使我暗淡低落，
我害怕你的到来，
催生另一朵雏菊，
会落到她脚下。
你请她将它看个仔细，
这对我是多么的危险，
又是多么的不幸。

那颗心尚天真无邪，
再经你的暖意孵化。
它猜测着它的黎明，
你主宰着一切盛开的鲜花。

你春天的气息使她惊奇，
她赞同它魅惑的建议。
这春天里的空气最令我害怕，
我担心，也许等不到冬天
我就要将她失去。

她们中的一个

她冬天居住的套间宽阔高大，
屋子里温暖如春。
天花板上布满爱情的画卷，
如仙女飘逸于云端。
那丝绒般带着暖色调的窗帘，
和着松软的毛纺地毯，
吸去了一切的杂音。

窗外那些狂妄的风雪，
受阻于厚厚的玻璃。
玻璃窗的对面墙壁上，
挂着古老的法国壁画。
壁画里法兰西的太阳，
借来了威尼斯的蓝天和光线。

画的下面是那宽大的壁炉，
壁炉上是从希腊掠来的花瓶，
花瓶里的百合花盛开着，
好像一年四季都是春天。

她的房间基本都是蓝色一片，
她的房间有着石竹花儿的香气，
但又不见石竹花儿的踪迹。
她手捧着祖先留下的象牙十字架俯下身祈祷，
膝下是名贵的绸垫。

她如果心烦意乱可以步入客厅，
那里有她想要的暖暖的阳光
和瓦多①的巨幅油画，
看那些有情人正在登上小舟，
欢喜地向西黛岛起程。

冬去夏暑，她出现在别墅避暑。
在那里她可以巡游山川河流，

①瓦多（1684—1721），法国画家，《进发西黛岛》是其代表作。

在那里从房前盛开着的大丽花，
到远方望不到边际的麦浪，
这些都是她所辖的田亩。

在那里她可以悠闲地划着小船，
在湖上任意畅游。
在那里她可以乘着宝马香车，
在树林里愉快地驰骋，
倦怠时可以在树荫下的吊床上小憩。
高兴时穿着洁白的百褶裙，
在碧绿的草地上奔跑；
兴奋时可以头戴紫花打马摇缰，
在树林里穿行不顾一切地飞奔着。

到了正午她沐浴在清泉里，
两股水流按摩着她的玉体。
她轻轻地转动天鹅般雪白的脖颈儿，
微微地闭上眼睛周身放松，
就这样她几乎入睡，
就这样她的日子犹如幸福时光。
可就在这幸福时光的背后，

却有着一种神秘的重负，
压在她那看似幸福的岁月之上。
人们从她热情或迟钝的目光里，
从她罕有的微笑和缓慢的动作中，
都会体察到她对生活的苦恼。

有谁听到过她凄凉的喊叫，
有谁去与她倾诉衷肠，
有谁去真心地爱她抛弃奢华，
有谁能把她带进寻常百姓家……

谁也不会，她与周围的一切，
看似和睦但却两隔。
她痛恨，痛恨罪恶的希望。
她深受责任的折磨，
她因拥有一切而忧伤，
她无儿无女过得凄凉，
她过得孤苦比寡妇还要难当。

三色堇

一天晚上，兴奋的大脑
使我周身都感觉很疲惫。
躺在床上昏昏睡去，
一朵三色堇进入了我的梦里。

我将要死去，它将要含苞待放。
我何不将我的生命移交于花上？

这生命的互换不可闻见，
它的花瓣一片片地张开，
消弭着抱在一起时的昏暗。
我的力量也渐渐地消减……

它那毛茸茸的黑色大眼，

张开得是如此缓慢，
让我等得如几世的长远，
这是痛苦的受难。

花儿呀！你何不快些开？
我的力气在盼望中消散。

但愿你那黑色的大眼，
完美地舒展，
我已经坠入昏迷，
熟熟地睡在这黑黑的夜晚。

竖琴与手指

缪斯女神低着头僵硬地站在那里，
她不再歌唱，心里很烦躁。
手里的竖琴也在叹息，
抱怨指头今天是为了什么。

手指啊离开你我们怎能活？
求求你，你看气氛多么凝重，
我又是怎样的尴尬，
那样我不得不紧闭嘴巴。

求求你，向我扑来吧！
就如阳光下的微风，
拨弄花一样拨弄我。
掏出我的喊声如撕裂的亚麻，

或者像眼泪慢慢地轻轻地流淌。

不然，你就把我挂在
那个装饰房屋的牛头上，
除了你我靠谁来亲吻？
是你手指才造就了我。

竖琴啊，手指我有什么办法。
我们和谐的狂喜或萎靡，
难道没有察觉？
我们都是天才的奴隶。
我们一切的战栗，
都与沉睡着的心有关系。

她是女神，是上帝的化身。
她无常的性情，
时而在我疲劳到来前就将我抛弃，
时而又近于疯狂无休止地令我
拨弄琴弦直至我流血受伤。

向她乞求吧，无论哪一曲，

她都可以定夺曲子的命运。
唯有和风才有絮语，
唯有心灵才有技艺。

三　月

三月，冬去春来万物复苏。
乡村也如初愈的病人，
微笑得弥足珍贵。

看人们的穿衣打扮，
仍然布满着寒气。
看那下着雨的天空，
不免夹带着雪花的飘落。

料峭的正午也会披着
拂晓时的白衣；
看那河里冰层
被暖和的阳光解开胸衣；
仔细观看树梢

已有嫩绿色的雾气。

这时的女人会变得更加美丽，
由于纯真的阳光和爱的苏醒，
她们的娇嫩肤色会在春日更新。
啊，春是岁月里的早晨，
这宝贵的时光是我们渴望的青春。

我却像一只猫头鹰，
转动着充满黑夜的大眼。
当东方发亮就惧怕伤害它的光线，
走出冬天又沉醉于书本的黑暗，
也许这是大自然给我带来的苦难。

打入地狱

星期天，一群熙熙攘攘的市民
拥向公园的雕塑画廊。
他们不完全懂得艺术，
但每年都来艺术市场。
他们在美的面前全无激动，
他们来这儿是为了欢娱。
他们瞎子般的眼睛，
他们只会张大嘴巴，
像一群对着太阳咩咩叫的羊。

然而一位站在公园角落里的老者
穿着旧大衣抱着双肩，
消瘦的身躯好像沉思着什么。
他沿着花坛用痛苦的眼睛，

盯着花坛里站立着的一个个塑像。
一阵剧痛涌向他的胸口，
他也曾拿过塑刀，
有过雕塑家彩色的梦想。
可不承想，贫困冰冷的尸布
裹去了他的热情和最崇高的理想，
而那些嘲笑他的人活得比他幸福和舒畅。

他们比他强胜吗？或许吧！
但这已无关紧要。
为荣誉而战的大师啊，
你生就一颗丰富的大脑。
手指灵巧地塑造了，
一个个栩栩如生的人物形象。
那些欣赏你作品的市民们，
他们如此爱你，以至
不冒风险来看塑像就活不下去。
贱民们数着他们的伤亡者，
才明白了你是多么的强壮。
然而，在和谐明亮的蓝天上，
你的天才飞行却跌落在

艺术家坎坷命运的地狱中。
还有一个人和你一样，
他有着创作的欢乐，
他通过圣洁的手反复地操作，
塑造出了光滑完美的胸。
他又反复地雕塑他在图稿里，
提前画好了的人体形状。
当他塑造到左胸
感到里面有颗心时，
他的手激动地在颤抖，
自豪得难以名状。
可是，在雕塑众神的道路上，
他是个失败者，他一无所有。
贫困已敲响了艺术家的丧钟，
看着在画坊角落里年轻的妻子，
看着一个个瘦弱苍白的孩子，
和那些被他们父亲的手
变得美妙的土块。
想着她已离开家乡肥沃的土地，
在这里每一天都为面包而操劳，

工作得不到一分报酬，
他心里感到无比的巨痛。
那些评论家无知的嘲弄，
同行中人的妒忌和蔑视，
这些痛苦如把心泡在其中。
再看看爱妻的无声斥责的眼睛，
感到有一种亵渎神明式的不安。
或许，人们都成为违心者，
把自己忠爱的事业心割舍。
他终于逃离了画坊，
在一个店铺里给别人数钱。
他那双为大理石而生的手掌，
而今却在灰暗的纸上画着数字。
但愿他不再惊醒，
但愿他那颗艺术之心，
一直被烧成灰烬，
完全死去，躺在墓中，被人遗忘。

可是，一块想成为雕像的石头，
从他的眼睛里涌进了胸腔。

它那遥远的呼喊声，
激动着他的手指，
使他身躯无比刺痒。
在他惨痛的梦里石头产生了模样，
这模样高贵优雅完美，
她就是维纳斯女神。
他经过不懈的努力，
终于用作品叹服了同行的妒忌，
女神成就了他的一世名气，
他被高举，觉得自己很了不起。

可这种欢喜如转眼即逝的美梦，
那些无情肯定的赞歌，
那些操劳着的工作，
那些工作中的一个个阶梯，
使他的身体疲惫、脸色苍白。
他的妻子像母亲般的温存，
劝他关心他的健康，
让他放弃心爱的理想。
可他爱他的事业就像
一个酒鬼爱他的酒一样痴迷。

大　海

是什么让你发出这巨大的咆哮?
弓起的腰身一阵阵地收缩,
就像一个要临盆的孕妇,
使大地都感到剧烈的颤动。

是什么让你有些许的安静?
在蓝天下做着美梦,
这个梦虽然不长,
它却有着光滑平静。

你的脚触着无数个岛屿,
你的手托起无数只船舶。
那些锚线是你的琴弦,
那些船帆是摆在你肚子上的摇篮,

一丝轻风足以让水手忙乱。

你虽然对水手不停地说抱歉，
你却知道吃尽苦头的
不仅是水手，还有大海你，
没有一个强壮者来助你一臂之力。

接着你又反复地起起落落，
如一个不幸的灵魂，
在那里孤独地鸣奏着
你那雄壮的力量。

查尔特勒修道院[①]

在这里，我看到了
那些死者犹如被丧钟唤起。
僧侣们提着灯笼排起长队，
如乌鸦唱起悲伤的安魂曲。

修道院里那些虚无缥缈的东西，
已经时常地和我结成伴侣。
我熟知那些小屋
是僧侣们的宁静之地。
但在那里也有着宛如
世界战争一样的乱局，
尽管这战乱与我毫无关系。

---

①建于1084年，位于法国查尔特勒高原中部。

但这高大的白墙如死者的魂，
使我的生命有一种难言的停顿。
没有死的人尝到了亡者的滋味，
我的心感到悲痛同时也有些欢喜。

战士们冲向轰鸣着炮声的战场，
永别了在那白墙围着我心的地方。
我听得到你们战事的惨烈状况，
使我这颗向往安宁的心永远惆怅。

夜　宿

我一个人旅行，
住进一家古怪的酒店，
服务生带我穿过条条走廊，
来到一个破得不能再破的房间。

我躺在古老的大床上，
床头雕刻着狮子的头像，
它的四围垂着白色的幔帐，
透过幔帐可以看见破旧的玻璃窗。

我不动静静地不作声响，
默默地享受着月亮发出的柔光。
忽然听到沙沙声，
如指甲在丝绸间剐蹭。

又好像在遥远的地方，
有人拨动门闩响。
接着在近处又犹如伐木工，
在咔咔地砍树。

长时间的车轮经过，
大规模的人群骚乱叫喊，
在漫长的黑夜里蜿蜒起伏，
好像在那广袤的大地上逃遁。

失落的灵魂在尖叫呼号，
那殷红的尘埃随着
他们的远去而消失殆尽。
然而，又有重型车辆，
把酒店里的窗震得嗡嗡响，
还不时地摇动了祖宗的画像。

阿克特翁①在挂毯上打战，
狄阿娜一言不发，

_____

①希腊神话中的猎人，因偷看女神狄阿娜沐浴而被惩罚。

突然，屋顶掉下块泥巴。
差点儿把古座钟击中，
就这样从穹顶上坠下泥巴。

让我从漫漫的长夜中惊醒，
我再也不能入睡。
在这个世界上我久久谛听着，
这刺耳的叹息声和
那些无度的奔跑声。
也许，这些都是旧世纪的痕迹。

林间的夜与静

在林间，这夜晚不再是黑夜，
也不再是寂静，因为
每种孤独都有其孤独的隐衷。
在被这树林带入睡梦者的眼中，
林间的静与暗的方式自带其中。

声音之魂仿佛在寂静中漂流，
光亮也会在浓夜中渗透，
人人都会以自己的方式，
去回忆，去解释，去感受。
这就是林间夜与静的奥秘。

林间的夜晚也会诞生，
诞生思想和黎明。

林间的寂静如同睡鸟能展翅飞行，
这对于诗人写诗大有裨益，
也能给予诗歌万里驰骋。

在林间，你的心灵极易畅然。
你凝视的目光也会极为深邃，
你那追索爱的交响曲，
也会成为爱情的咏叹调。

鸽子与百合

女人啊，你微微张着的双唇，
把这只粉红脖颈儿的鸽子亲吻，
它那战栗的尖喙嚅得湿润。

它从未感受过你的双唇，
也从未感受过
你低声细语向它吐露，
那些激动的名字。
在它进餐时你把精致的米，
撒在它周围的地上。

可它从未感受到你的心在颤抖，
你热情抚摩它的翅膀，
从未感受过它的羽毛是这样的光滑。

你在叹息中伤心地落泪，
泪水落在它的羽毛上，
使它在你的泪水下战栗。

你让它在树枝上等得焦急，
像在囚牢中咕咕地叫，
可你从来没听到
鲜花也一样，从未感受过。

你在春天里给它们浇灌，
你的双唇从来没这么长久地
吻过纯洁庄重的百合花。

多变的女人啊，是什么
新的爱情和旧的记忆，
使得你对你的鸽子和百合，
又产生了崇高的情意？

寻欢作乐的人们

天真的诗人们，
在写诗之前都有一番
冥思苦想的构思。
此刻，他正在戏院里看戏，
玩味那些让人发笑的情景。
当他看到那些无知的看客
为一个拙劣的演技笑翻了天，
他就觉得自己是那样的孤单。
这种戏令他头脑发晕，
他等不及落幕就离开戏院，
他抬起头看着群星闪闪的天空，
终于离开憋闷的戏院。
吸口新鲜的空气，
美丽的夜晚多让人欢喜。

缓缓流淌墨绿色的塞纳河，
桥拱下平缓地淌着明亮的水波，
路灯光的影子拉得很长很长，
映在河水的波纹上。
诗人产生了不快的联想，
唉，神圣的娱乐今天何去何从？
是什么样的邪恶污染了
我们高卢人的血统？
我们何时还能看到那真挚的笑容？
荒诞的肮脏的闹剧
在今晚平庸的舞台上上演。
低劣的方言在可爱的、卓越的
人们中恬不知耻地，
与法兰西语言争雄。
那些词曲翻来覆去，
如野兽嗥叫一样的单一。
把喋喋不休的嚼舌叫作风趣，
用下流故事探测人们的心理。
那些剧本和折子戏，
净讲些鸡鸣狗盗的猎奇。
给女人明码标价，

就如同市场上买卖的玫瑰。
把爱情引入堕落，
把良知引向迷雾，
他们就这样的卑鄙。
用荷马的竖琴弹奏低级的乐曲，
用他们低级的小技骗得人们的欢愉。

愚蠢啊！人们崇拜永恒的欢乐，
总有一天，在人们面前，
你们会沦为下贱的小丑。
总有一天，你们会成为
人们的街谈巷议，
人们会把你们剥个精光，
在夏日的阳光底下暴晒。
起来吧，莫里哀[①]！
起来吧，阿里斯托芬[②]！
教粗俗的百姓听一听，
那理想的颂曲如何奏出，
曲折的背后那欢乐的正义之曲。

---

①莫里哀（1622—1673），17世纪法国著名的剧作家。
②阿里斯托芬（约前448—前380），古希腊著名喜剧作家。

在这些正义如铁的乐曲里，
能听到理智的复仇者
勇敢的反讽者们的呐喊，
听到那美丽的欢笑
和那永葆青春的心脏，
雄壮地跳个不停。

失 望

死水就像一面镜子，
它比清水更为逼真。
平静的彩色水面掩盖了污底，
令它变得很美很美。

清晨，鸽子和乌云
清晰地在水面上映现，
蓝天的开阔与高远
在其中也丝毫未减。

水蛇、蚂蟥，看不见和
数不清的虫类，
在这不洁的死水水面上
来来往往轻巧地游荡。

水面上的反光遮住了它们，
使眼睛产生错觉，
似乎蓝天弯成了大弓。

光线透过脏物熠熠闪耀，
在这如镜的死水中化作了星星，
而后在水中拱起了穹顶。

可那些浮动的生命，
试图把嘴唇伸向星星，
总感觉自己的周围有个妖精，
迅猛地抓住它的嘴唇。

理想也是同样，
它映现在一个可鄙的情人眼中，
灵魂就这样沉沦着，
于是感觉到现实生活的丑陋。

内心的搏斗

一颗心如果专为爱情而生，
那意志于你又有何用？
难道不是为了战胜困难，
让你超越你的本能，
坦然地坐在被驯服者的身上？

就像一个勇猛的斗兽者，
骑于虎背挥着流血的拳头，
将猛兽击倒在地迫使它恐惧害怕，
恐惧害怕的程度如被它咬过的人。

当你与野兽独处时，
只能求助于自己，
因为别无旁人遭遇此险，

谁也不懂它心照不宣的叫喊。

同样，在与自己欲望的搏斗中，
心啊，也不要指望他人。
在孤身遇险的情况下只有战斗，
倘不落败，便能取胜。

叹　息

不识其面，未闻其声。
从未呼叫过她的姓名，
却一直忠贞不渝地等着她，
永远地爱着她。

啊，只能够将双臂伸给她，
只能够在泪水中憔悴，
可这泪水啊，一直在流下，
啊，永远地爱着她。

不识其面，未闻其声，
从未呼叫过她的姓名，
这爱却一直越来越温雅，
啊，永远地爱着她。

永　别

当所爱的人咽下最后一口气，
亲人们还不相信他已离去，
他们还不能放声地哭泣，
死亡的到来令他们措手不及。

无论是黑黑的丧衣，
还是悲伤的安魂曲，
都不能使他们绝望，
心和口被突然而来的惊慌封住。

看着那墓地的深处，
他们不知悲从何来，
当土块叩响棺木，

他们完全搞不明白。

真正的永别是在家里，
是在亲人的视线里，
第一次落在空置的座位，
和你所熟悉的他所在的周围。

爱 抚

爱抚只不过是
烦恼痛苦的一剂安慰药，
是无助于爱情徒劳的尝试。
爱想用肉体连接灵魂这是妄想，
那些用吻来折磨自己的人们，
你们会因此而孤单彼此疏远。

当母亲抱着自己的孩子，
以为他是自己身上的肉，
却不知这孩子不再属于你。
他只属于他自己，
自打出生他就把你遗弃。

他扎在你的怀里痛哭，
懊恼如今的生命只属于自己。

有时还说要把生命还给你，
他的生命怎能再化成你的血液？
你的品格与力量也不会，
成为他的强壮与道德。

朋友，你们的拥抱也白费。
真诚的眼睛和紧握的手掌，
它们都不知道所谓。
世上没有直通灵魂的平坦之路，
谁也没有办法把心灵放在手掌里。

相恋的人，你们最幸福也最不幸。
美貌和欲望使你们温柔或忧伤，
热吻迫使你们有奇特美妙的想法，
热吻迫使你们的心灵疲惫，
热吻迫使你们的双唇只能燃烧。

啊，爱抚只不过是
烦恼痛苦的一剂安慰药，
是无助于爱情徒劳的尝试。

可咒的女人

有罪过的人并不一定都是坏人，
有的人所犯的罪过，
终其一生都不明白。

田野里的畜类自有它们
追求自由幸福的规矩，
人类追求美满的生活要尊重法律。
阴暗的情恋找不到幸福归宿，
那些卖淫嫖娼的场所终究被捣毁，
无耻、肮脏阴暗里的交易，
也会被人类的道德和法律晾晒。

可悲的女人们，
被欲念折磨得神魂颠倒。

你们等待着，
不放过一次小小的机会。

为了在瞬间完成的
一次肉体交易或者欢愉，
你的灵魂在法眼的紧盯下
会产生无形的恐惧，
你们或许在笑着在热吻着，
但你们的心在悲伤地哭泣。

暮　年

时光荏苒，我渴望退休的年龄。
那时我的血液会流得更加舒畅，
我可以不再为我的享受而自喜，
我要悄悄地生活，带着老年人的艰辛。

那时的爱也不再狂热，
亲吻也变成了稀有的动作，
在我身上再也找不到
被人妒忌的前程。
这让我随心所欲地享受
剩下的温暖时光。

幸福啊，来到我这里的孩子们，
我会把草丛当作他们的操场。

幸福啊，来到我这里的年轻人，
我要紧紧地握住你们的手，
如果你们愿意，我会安抚你们的心灵。

我不会说：这是一生中最好的时光。
如果那样青春会感到悲伤，
可我乐于亲近二十岁左右的青年，
以便给我的心复活年轻的力量。
让我永远地记住那些，
年轻时所感知的美、荣耀。
不屈不挠的奋斗及遵守法律，
让我自由地思考直至走向死亡。

当欲望在我的身上逃掉，
就像从身上拔出一把尖刀。
这时我所看到的美貌，
只不过是女人身上的外套。

愿我在晚年能沉思人生，
平安地坐着摆脱痛苦。
就如站在高高的山顶上，

静看那山川巨大的弯角，
和那痛苦的回环。

弥留之际

在我快要死亡的时候，
我的朋友，什么也不要做。
请放我平时最爱听的音乐，
让我走得快活。

音乐既能给朋友去除哀伤，
又能把我将死的心安放。
求求你，我的朋友，
什么话也不要说。

我讨厌那些虚假，
我喜欢那些不需要去猜的音乐，
只简单地去感受它，
那些旋律有灵魂的寄托。

它会把我带入梦境，
再从梦境带到坟场。
在我快要死亡的时候，
我的朋友，什么也不要说。
请找来我那可怜的妈妈，
她正在野外放羊。

请你们告诉她，在我的墓旁，
我很想听，很想听
她用低低的声音哼着的小曲，
那种单纯、朴实、甜蜜的小调
只有我才能听到。

你们会找到她的，
山野之人寿命很长，
我却生活在一个，
人人短命难活长久的地方。

让我和她待在一起，
把她的手放在我的额上，
她将永远爱我，

我也将在她古老的歌声中
找回童年的时光。

这或许使我在最后的时刻，
不会感到心碎欲裂。
这或许使我在最后的时刻，
不会再去追索求生的希望。

遥 远

梦中的纯洁总是崭新的幸福，
情侣们的享受只是一时的满足。
温暖的家变成了爱情的坟墓，
他们的嘴唇也没了初恋时的激情。

由于对填饱眼睛的美产生了厌倦，
发誓要永远爱着的嘴唇常常上当。
象征着爱情的百合花一旦碰伤，
便会在其他百合花面前凋落。

我甘愿远离她独自清苦地生活，
我尊敬那些无声的忠诚者。
我心中不会有厌倦的惩罚，

我的尊敬像面纱把她的美遮住。
我视她为我永恒的情感，
毫不贪心地像爱星星一样爱她。

祈祷书

这是一本来自
弗朗索瓦一世的祈祷书。
岁月的红尘已把它的页码染黄，
同时又有多少手指，
把它的页面纹理磨光。
精美的书啊，羊皮纸上
刷着光亮的银色粉末，
能工巧匠的手在你的页面上
或许还留有余香。
我翻着它，发现了在页码间
夹着一朵干枯的玫瑰花。

它和这本书一样有三百岁，
但它好像刚刚失去了朱红。

那些蝴蝶昨天
还扑着它的花蕊，
然而蝴蝶只是带走了它的花粉，
那花蕊、花瓣、花的筋络，
还完整地被书页亲吻着，
以至在书页上显着它的脉络。
这是死亡之吻吗？可以想象
在摘它的时候是多么小心，
时间只是黯淡了它的体色，
看着它那失去生命的形态。

嗅着它那留有的余香，
如同慢慢升腾的记忆，
一朵玫瑰花吐露着。
那古人的爱情在这
开满玫瑰花的小路上，
用那鲜艳的花朵传情。

或许，在夜晚幽暗清新的空气中，
有一颗火热的心在书中，
想用它开辟一条通道。

或许，它每晚都在等待着，
等待着读经的时刻来到。
期待着有只手将那页书翻动，
希望知道那朵花是否存在。

放心吧，我的放花儿者。
前往巴维①战场的
那位骑士再也没有归来，
你所吐露的神圣爱情
三百年来一直躺在
你最初安放它的地方。

①意大利地名。1524年2月24日，弗朗索瓦一世在那里被西班牙人击败俘虏。

老　屋

我不喜欢新屋，
它看上去面容冷酷。
我喜欢老屋，
就像活脱的寡妇在边忆边哭。

旧墙上的裂痕如老年的褶皱，
那映着绿色的玻璃窗，
混合着善良忧郁的目光。

老屋的门更为好客。
它的过门栅被磨得精光，
门锁里的钥匙已经生锈，
因为它的心灵再也不需要秘密。

老屋的墙壁与画像边的箔粉，
在时钟的消磨中失去了光泽，
然而那众多的画像里的人物
就如走入了我们的生活。

他们亲切的声音
带着他们的魂魄好像在床上呼吸，
床的幔帐拂起了条条音波。

我爱这被烟熏黑了的壁炉，
从那扇窗子上能听到屋外
春天里的群燕呢喃或秋天的雨响。

我爱上楼的木楼梯，
已被踩踏得凹凸不平，却知道又宽又矮的楼梯，
共有几步。

我爱斜梁已弯的屋顶，
那桁檩已被虫蛀，
不复存在的森林，
在这屋架下使人梦思悠长。

我特别喜欢火炉旺旺的大厅里
唯一支撑着房屋的横梁，
它一动不动地守着那些
不安者或欢笑者，
尽管它自己的身上有着裂痕，
伤口渐深，但它仍然
勇敢地横卧在那里。

坚实的橡树啊，
以我们不可知的力量，
以你最强的筋骨撑到最后。
孩子长大你也变老，
孩子变老你也弯了腰。
最后那些忘恩者，
把你拆掉投入火炉烧掉，
你的功绩也会随烟飘飘。

等这烟火散尽，
或许在其他物中有些残留，
但这老屋和你就像

那被榨干的女佣不会再被倚重，
只有在你的职守中消亡。

所以，当老屋的碎片
被扔进火炉的时候，
沉思者的灵魂也好像在
蓝色的火焰中焚烧。

牵牛花

你听我谈论死亡毫不畏惧，
是因为我把死亡说成了沉睡。
短暂的睡眠如同死亡的开始，
就等于你刚刚离开光明之地。
如若这话是真的，
请接受我的最后祝愿，
祝愿死亡的那一天，
我先于你踏上独行之路。

可是，别在我远行的路上，
种那些粗壮的大丽花和娇艳的玫瑰，
还有那坚实的百合花，
它们长得太高、太娇。
我并不想要这些高傲的花朵，
怕在远行的路上让我的邻里妒忌。

如果可以，请把那些欢快的
牵牛花撒播在我的身边，
让它任性地沿着绿色的栅栏攀爬，
便于这魂灵在旅行中留下齿痕，
搭建美的花边以至在这蓝天下，
形成美好的花园。

它才是身为灰土的我所要的朋友，
亲爱的，当你呼唤我的名字时
就将它亲吻吧！
柔软牵牛花的根须，
在土中会直奔我而来。
它将带着你的心抵达我的住地，
用希望来亲吻我的嘴唇。

乡村正午

羊群不再来回地走动吃草，
牧羊人远远地躺在草地上
看尘埃拽着太阳在路上打盹儿，
马车夫在车辕上抱鞭犯迷糊。

铁匠铺子里无声无息，
泥瓦匠在长凳子上已入梦乡，
宽心的屠夫打着鼾声，
那牲畜的血还残留在臂上。

围着空餐盘碗的胡蜂嗡嗡作响，
树的枝叶遮住了山墙，
把嘴巴伏在爪子上的家犬
迷离着它的双眼。

叽叽喳喳的白鹳鸰鸟
此时此刻也停止了吵闹，
一群说不出名字的白白的野兽
在远远的水池边喝水晒着太阳。

课堂上戒尺管不住开小差的学生，
有的正在低声地谈论考试的短长。

热浪滚滚的正午促进麦子的成长，
阳光下的苍蝇发着竖琴般的音响。

老人们站在门槛的石礅上，
他们手拿纺纱杆一动不动。

听着从窗外传来
恋人们悄悄的情话，
他们没有上床睡午觉，
等到夜晚或许更无拘无束。

灵与肉

那些甜蜜的接吻是相应的问答，
那些相互叹息的胸膛可以交混，
那些跳动的心脏彼此能听到声音，
那些激动着的手臂可以互相缠绕，
那些眼神互相抚慰着你们的身躯。

幸福啊，人们活着的身体。
但灵魂啊，真的可气！
它们从不能够触摸，
就如同隔着玻璃的火焰。

在阴暗的角落里，
它们虽然不断地靠近，
却不能合为一体。

有人说它可以长生不死，
但是它们只要能合在一起，
哪怕只活一天，
为了爱情也会奋力一搏。

清晨醒来

假如你属于我，
我会在清晨先于你醒来，
久久地凝视着你熟睡，
或轻轻地呢喃，
像一条流着的弯弯的小河。

我漫不经心地走，采下蔷薇，
然后，不作声息满心欢喜
来到你躺着的床前
小心翼翼地将你胸前的手分开，
在吻你眼的同时把花放在你手里。

在上帝宠爱的东西里，
你那惊喜的眼睛

首先认出光亮的大地，
接着把目光投向我这里，
让欢喜充满你的心也充满我的礼物。

啊，愿你知道我的心，理解我的痛，
在每天早晨旭日升起时，
我都会把一束看不见的鲜花
放在你的胸口，
这样，你醒来就能得到幸福。

最初的哀伤

在我小的时候怎么也弄不明白，
能打扮得漂漂亮亮的母亲
为什么总穿一身黑衣。

把她的衣柜打开，
更使我感到茫然和忧虑。
衣柜里的衣裙大都是深色，
就是那挂着的围巾
也是一样的深颜色。

那些原来的彩色衣物，
现在都被缝上去的黑边罩住。
母亲穿戴过的一切，
全都蒙上了她的哀伤。

那些黑暗在不知不觉中，
悄悄地从我的眼睛里落到了心上，
它透露着无休止的空虚和茫然。

当我奔跑过孩子们嬉戏的广场，
我欣赏他们鲜艳的衣衫，
羡慕那些蓝色的方格图案。

同时，那些悲痛已经成为神圣，
黑纱缠在我的身上，
我接纳了它的馈赠。
但同时，我也陷入了
难以名状的哀伤。

行业歌

从事伟大崇高的艺术工作，
一个个华丽的名称，让你们
这些脑力劳动者备受折磨。
而那些扶犁的、拿瓦刀和锉刀者，
他们白天身体劳累，
晚上却要比你们放松。

朴实的农民为别人耕地播种，
农活儿比你们繁重得多。
但他们得到了应得的一份，
足以把一家人养活。
而你们用小曲
等来的却是秋天不足的收获。

那些满头大汗被炉火
烤得脸色通红的铁匠，
他们性格豪爽从不缺酒喝。
而你们用脑和手精雕的那座金杯
却不够糊口，饿死在
没有食物的厨房灶台上。

那些面色苍白的织布匠，
从不看天上是否是天蓝，
是否有星星和月亮。
他们有衣裳从不因冷而惊慌，
而你们用轻薄的花边镶着美梦，
冻死在这冬天漫长的寒冷中。

那些瓦工把生命系在脚手架上，
他们冒着险，可后代们有房有屋。
而你们把梯子搭向上帝，
空空的梯子不足以支撑死亡。

既然工作不同，何不与世无争。
夜幕落下，工作完成，

他们回到健壮的妻子面前，
生活幸福而又无忧无虑地爱着。
而你们在安抚不肯宁静的灵魂，
即使清苦但也将情有独钟。

印 记

据说，在母亲怀孕的时候，
母亲内心的期盼
即便是荒诞无稽，
也会给孩子留下印记。

但愿这印记如她梦中所期许，
随着孩子的身量长大
没有什么能将它洗去。

那离奇高尚的盼望
形成于生产之前，
深深地铭刻于婴儿的肉身里，
并因此产生这灵魂的标记。

你呀，我的母亲！
你却将痛苦传给了我，
那日你为我孕育灵魂，
为何如此蛮横又苛刻。

在你不认识我时却已爱我，
你脸苍白却已是我的母亲。
当时或许有一块白云飘过，
如同天空里飘着的岛一座，
那上面有人世间没有的洁白。

难道你没喊：让我上去，给我翅膀！
也就是在那时你几乎晕倒，
感觉得到我也在发抖，
我的生命便由此而来。
你却恍恍惚惚身体虚弱，
渴望着那遥远的天堂，
寄望我的一生生活得如天堂一样。

最后的孤独

在大型的假面舞会上，
没有人迈着平日走着的步幅，
没有人说着真实的话语，
真实的语言在这里披着伪装，
脸也扣上了精美的面具。

就这样随着时间的延长，
等到了那时候，身体
不再服从大脑的意志，
不再把动作给予指挥它的灵魂，
那它就会突然沉睡，
沉睡得让亲人心痛。

这时它不再是意志的同谋，

而从同谋变成了意志的见证者。
于是，那些曾被意志控制、晦涩的潜意识，
像阴云在额头上飘浮着，
那里面有着起笔写作的动机。

什么忧愁、什么微笑不再困惑相交，
心已爬上眼睛，目光
不再允许眼睛撒谎，
没说出的话出现在嘴唇上。

这样的坦诚，带着要咽气的模样。
但是，一旦又复活了本来面目，
必然会让熟人大吃一惊。

最欢喜的人会伤心，
最严肃的人会发出笑声，
人人坦诚地度过一生。
这正是将死者在最后，
用赤诚留给后人的警醒。

忧 郁

夜晚，当我在做梦的时候，
白色露珠悄悄地形成。
冰凉的雾霭如阴凉的手，
把这露珠放在花朵的茸毛上。

从何而来这些水滴？
没有下雨，天气晴朗。
因为远在凝聚之前，
所有的露水已在空中徘徊。

我的泪水从何而来？
那是早在眼泪形成之前，
就充盈在我的心上的。

这悲哀我已记不起，
它为什么痛苦和痛苦的名字。
可是夜啊，它是用你
制造眼泪以便解除它的忧郁。

碎　瓶

轻微的撞击使花瓶产生了裂痕，
瓶中的花草如今已发黄枯萎，
那一击实在是轻微，
当时没有发出任何声音。

那条浅浅的裂缝，
将花瓶不停地侵蚀，
看不见的步伐却坚定不移。

瓶中的水滴渗流殆尽，
花草因脱水而枯萎，
没人在渐变中产生疑心。

互相爱着的人也是这样，

轻微的擦伤记于心上，
随着时间的延长，心也会破裂，
爱情的花草也会渐渐地枯黄。

朋友看他们好像相爱如初，
他们却低声地悲鸣。
因那细小的伤口在增大，
心已破碎不复当初。

眼　睛

不管是蓝色还是黑色的眼睛，
它们都很可爱漂亮。
在这些无数的眼睛里，
都曾见过黎明的曙光，
如今它们却在坟墓里沉睡。

而太阳照常升起在东方，
夜比昼更加美妙。
星河灿烂的天空，
迷住了多少人的双眼，
使眼睛在暗夜里方向不明。

这难道是眼睛已经失明？
不，这只是一种假象。

星河的流动离我们而去，
眼睛还在不自觉地追逐中……
星河永远不会消亡，
眼睛也与星河一样，
但它们只是要休息、要睡眠，
它们在坟墓的另一方。

看，那些蓝的、黑的
可爱美丽的眼睛，
向着伟大的黎明睁开，
合起的眼睛仍在观望着。

苏利·普吕多姆作品年表

1839年　3月16日,出生于巴黎,原名勒内·弗朗索瓦·普吕多姆。

1865年　自费印制诗集处女作《诗章与诗篇》。

1866年　推出《奥吉亚斯的牛圈》,将古希腊的诗歌散文化。同年出版围绕爱情、怀疑和行动的十四行诗集《考验》。出版配画诗集《意大利笔记》。

1869年　出版抒情诗集《孤独》。

1870年　出版诗集《战时印象》。

1872年　出版长诗《命运》。

1874年　出版极具爱国情调的十四行诗集《法兰西》及诗集《花的反抗》。

1875年　出版诗集《徒然的柔情》和《在天顶》。

1878年　出版长诗《正义》。

1881年　入选法兰西学院院士。

1883 年　撰写《论美术》和《诗句艺术断想》等理论专著。

1886 年　出版诗集《三棱镜》。

1888 年　出版诗集《幸福》，标志其哲理诗创作达到巅峰。

1897 年　出版《诗诚》。

1901 年　荣获第一届诺贝尔文学奖。

1905 年　出版《帕斯卡尔的真正宗教》，是一本研究法国哲学家
　　　　　布莱兹·帕斯卡尔的文集。

1906 年　出版《自由意志心理》。

1907 年　逝世于法国巴黎。

1908 年　《战后余灰》和《苏利·普吕多姆作品集》出版。

1911 年　书信集《与女友通信集》出版。